永不掉队

（乌克兰）冈察尔 著

王艺锦 娜佳 译

Завжди солдати

作家出版社

图书在版编目（CIP）数据

永不掉队 /（乌克兰）冈察尔著；王艺锦，娜佳译 . —北京：作家出版社，2021.5

ISBN 978-7-5212-1244-0

Ⅰ.①永… Ⅱ.①冈… ②王… ③娜… Ⅲ.①短篇小说—小说集—乌克兰—现代 Ⅳ.① I511.345

中国版本图书馆 CIP 数据核字（2020）第 265090 号

永不掉队

作　　者：（乌克兰）冈察尔
译　　者：王艺锦　娜　佳
策　　划：省登宇
责任编辑：周李立
特约策划：刘宪平
装帧设计：琥珀视觉
出版发行：作家出版社有限公司
社　　址：北京农展馆南里 10 号　　邮　　编：100125
电话传真：86-10-65067186（发行中心及邮购部）
　　　　　86-10-65004079（总编室）
E-mail:zuojia @ zuojia.net.cn
http://www.zuojiachubanshe.com
印　　刷：北京盛通印刷股份有限公司
成品尺寸：145×210
字　　数：180 千
印　　张：7
印　　数：001—20000
版　　次：2021 年 5 月第 1 版
印　　次：2021 年 5 月第 1 次印刷
ISBN 978-7-5212-1244-0
定　　价：45.00 元

目　录

莫德里卡门①

一

我看着你如何从你山腰的房子里走出来，接着，你往山下望去。

"捷列扎！"

你的母亲在叫你，但你还是站着，不回答。

"捷列扎！"

你在对谁微笑。

干燥的春季，厄尔士山脉②间刮着大风，发出叮叮当当的响声。山坡上绿油油的橡树嗡嗡作响，光滑的山石朝太阳露出灿烂的笑容。

"捷列扎！你在看谁？"

你撑开双臂，仿佛想要飞起来。

"亲爱的母亲！只有上帝先生知道，我在看谁！"

---

① 莫德里卡门：斯洛伐克的城市，位于山区，名称意为"蓝石"。

② 厄尔士山脉：德国和捷克边境的一条山脉，因盛产各种金属矿产和高岭土而闻名。

在你上方的天空，大风发出呼呼的声音，仿佛撞响了一口蓝色的大钟。

二

你看向了哪里？你听到了什么？

当我轻敲你在森林里的房子的窗户时，外面很冷。我明明听见，房子里还有人没睡下，但没有人回答我，里面只是传出来一些口气像是商量的说话声。风夹杂着雪花吹来，拍打着我的脸，雪花填满了我的眼睛。这种"白色的风"正在这片空旷的山区咆哮。

我又敲了几下。我敲得很小心，生怕山下那个很远的地方，会有人听到我这敲门声。

"不好意思，请问你们是谁？"

我该怎么回答？我们是谁？

"自己人。"我回答道，声音居然小得几乎连我自己都听不到。三天来，连一口水都没有，我们吃着雪过活。

"自己人。"我用尽全力发出嘶哑的声音。

房子里立刻弥散起清脆的声响，仿佛一束阳光照射在窗户上，惊碎了玻璃。

"妈，是罗斯人！"

门被小心翼翼地打开了。我带着自动枪走了进去，按开手电筒，一条射出的光束中，出现了呆呆站在桌旁的你的母亲，而你，惊讶地愣在高床旁边，头发散落在胸前。

我把手电筒关了，然后让你们把窗帘拉上。

母亲点燃了灯，拿着火柴的手颤抖着。

你光着脚，站在凳子上拉窗帘。

我羞于看到你那雪白修长的双腿，于是把目光从你身上移开，但眼前仍然还是它们的影子。

你从凳子上下来，站在我对面。我这时才发现我穿的白裤子破到什么程度。你的连衣裙也是白色的，而手臂上戴着志哀黑纱。

"所以罗斯人……就是这个样子的吗？"

"那你们想象中的罗斯人是什么样子的？"

"……就是这样……"

你向我伸出雪白的手，但我的手是湿的、红的、笨的，包着很脏的绷带。那些绷带，对我们来说也是手套，因为我们的手套在这些该死的山岩中挣扎时弄丢了。

"你们这儿平常会有什么人来？"

"目前没有人会来，士兵先生。"你的母亲回答道。她站在瓷砖壁炉旁，凄凉地看着我。

"你们这是给谁志哀？"

"给我们的弗朗西舍科。"母亲回答。

"给捷克斯洛伐克共和国。"你回答道。

我来到外面，经过羊圈，听到里面的羊发出低沉的叫声，然后我低声吹起口哨。伊里亚听到口哨声，从一垛干草后面探出身子。他白得像幽灵。他被冻坏了，咒骂着问：

"怎么样，那边？"

"可以去。"

"'大手风琴'也能带着？"

"走吧。"

我们再次进到屋子里。看到炉子，伊里亚笑了笑。他先把自己的"大手风琴"放在门边，再拍拍衣服。一听到悦耳的斯洛伐克语，他就惊讶地说：

"我们好像到家了！我都听得懂！"

"我们也听得懂你们说的话。我们是斯洛伐克人。"

伊里亚说：

"那个'涅姆图咚'①终于没有了！我们好像又回到故乡了！"

母亲指着我们放在门口的箱子，问道：

"你们这随身带的是什么？"

正如你猜想的那样：

"无线电。"

"无线电！"母亲吃惊地拍合上双手②，"麻烦先生把它搬走，它不可以放进房子里！你们两位可以留下，但是它就不要了。是它

---

① 匈牙利语 Nem tudom 的音译，意为"听不懂，我不知道"。——作者原注
② 拍手是表示惊讶的动作，类似捂嘴，欧洲大多数地区的人都有这个习惯性动作。

给我们带来了不幸，是它带走了我们的弗朗西舍科。"

她的儿子弗朗西舍科，曾经总是坐在无线电收音机旁，直到深夜，听布拉格，也听莫斯科。但他一点儿也不谨慎，把听到的东西转述给了他的同事们。结果，引来了鹰犬爪牙，把收音机打碎了，把人也带走了。上个星期四在采石场，他被枪毙了。德国陆军上校说他是游击队员——他们一看见斯洛伐克人，就认为是游击队员。就连她的丈夫也被认为是游击队员，但他哪里是什么游击队员？他只是一般的护林员，就这样而已！但他也被带走了，被抓去给日耳曼人挖战壕。所以她麻烦先生，不要带来新的灾难。

"大娘，"伊里亚安慰道，"它是'哑巴'。"

"战士先生们，还是不要了！"

伊里亚把无线电台放到房子外面去了。

一股暖流从壁炉那儿涌来，让我觉得很放松，像喝了酒似的。我能感觉到，我们在山里染上的寒气，逐渐从体内散发出来，我直打哆嗦。由于需时刻保持警惕，我们三天都没有点过一次火。当时我们先爬到高速公路上方的石壁，然后爬到山顶，在那儿可以看到更远的地方，甚至看到后方，看到那里所有敌人的堡垒。有时候我们会向"交响乐"电台上传代码，向它传送必要的信息。出于谨慎考虑，我们经常更换停留处。这使我们饱受折磨。在峡谷中迁移时，尤其是夜里，我们会一次又一次地跌倒在悬崖边缘。如果没有这么多雪，我们可能早就扭断脖子了。但多亏有雪，我们只是刮破了手，蹭破了膝盖，撕破了长袍，还有——最不幸的——把无线电台摔坏了。

"你看，这些艰难的跋涉会导致什么！"伊里亚伤心地说，他彻底确定无线电台不再能"说话"了。

但主要任务还是完成了，所以这一夜我们决定回到自己人那里去。

你往脸盆里倒入热水。我想解开我手上的绷带，但是无论如何也不能控制我的手指。

"我来吧！"

你的手指很灵巧，很温暖。你撕下带血的绷带时，我感觉不到一点儿疼痛。你撕下它来，就把它随便扔到屋角，而我这被热水浸泡之后逐渐放松下来的双手，又被你用干燥柔软的纱布，重新包扎起来。

"请来自罗斯的先生们坐到我们斯洛伐克人的桌子旁，"你的母亲说，"请喝热咖啡。"

你端来咖啡。

"请再喝一杯，"当我喝完时，你说道，"我们等了你们这么久……同志！"

你目不转睛地盯着我的眼睛。我清楚地感受到，你如何走进了我的心房。

三

我们吸烟、睡觉、耷拉着脑袋打盹儿。我们已经六十个小时没有合过眼了。

你说道：

"你们睡吧，我去守着。"

我们笑着从沙发上站起来。

"卡姆①？"你用恳求的眼神看着我们。

"我们没有时间了，捷列扎。"

你母亲脸色苍白，带着一丝苦涩，喃喃低语，像修女一样。她在祈祷，我猜想。

"大娘，我们还会回来，"伊里亚说，"带着'喀秋莎'火箭炮和枪炮。我给您安装新的收音机，您就可以倾听全世界了！"

"希望如此！"她还是小声地说，"捷列扎，你送送战士先生们吧。"

我们走向无情的大风，把光亮、温暖，以及人类的温情，留在房间里。

遥远的山脚，前线的炮火声仿佛是来自地下，仍没有止歇。莫德里卡门的天空朦胧而昏暗，逐渐昏黄。莫德里卡门——"蓝石"——它在地图上是这样被命名的，但我们士兵把它叫作"顽石"。因为它是我们已经很长时间都没能夺回来的地方。它的左右都有高地，就好像两个碉堡一样。

你走在前边，裹着披肩，从一块巨石轻快地跳到另一块巨石上。

---

① 斯洛伐克语 Kam 的音译，意为"去哪儿"。——作者原注

我们在公路上停步，感觉下方是一个白色的深渊。山下的公路上停着几辆黑色的德军汽车。司机们正围着篝火跳来跳去，挥舞双手。白色的雪花在火光的照射中旋转飞舞。

你告诉我们到磨坊的路怎么走比较方便，然后你脱下手套，伸出手来，与我们告别。

"您叫什么名字？"

你的手很细腻，全部由敏感的神经组成似的，温暖了我的一切。那一刻，我看着山上被大风侵蚀的石头，发现它对我来说已经不再像以前那么陌生了。

"我们一定会再见面的，捷列扎，我们不能不见面！"

你站在那儿，沉思：

"我想，是缘分让我们在这里相见的。"

"你会等我回来吗？"

"上帝知道，我会！"

四

我回来了。

那时莫德里卡门已经是我们的了。公路也是我们的，山也是我们的。从远处我已经看到，你们的院子里一无所有，只剩下燃烧过的黑色焦土，还有一个光秃秃的烟囱，像传播灾难的喇叭一样，高耸在那儿。

走近一点，我看见了你的母亲。她弯下腰用拐杖翻着院子里的各种东西。如果找到没被完全烧掉的东西，她就拾起来，抖一抖，但仔细观察后，又很快把它扔掉。看起来，她认为它们已经不再是个东西，她完全不需要这些残渣，她只是为打发时间才抖动这些东西的。

"您好！"我对她说。

"你好！"她回答，随即又弯腰继续忙着她的事。她没有认出我。

于是我提醒她我是谁。她慢慢认出了我。那一刻，她那皱巴巴的无血色的嘴唇开始抽搐，她不由自主地向一旁倒去。她伸出手紧紧抓住瓷砖壁炉——壁炉是整座房子里唯一保存下来的东西。

哭完，她告诉我之后发生的事情：

"他们第二天来了，是来找我丈夫的。

"'他是逃工，'警察喊道，'并且夜里来过这儿！'

"'他没有来过这儿。'捷列扎回答。

"'胡说，'他们喊着，'我们看到雪地上有脚印。还有你把什么人送到了公路上？那儿还有你的小脚印！'

"他们开始到处乱找——在阁楼里、棚子里、房间里——翻天覆地地搜查所有的东西，于是就找到了那些染血的绷带。

"'这是谁的血？'他们追问。

"'是我的，警察先生，'捷列扎回答道，'我几天前不小心割伤了自己的手。'

"'你以为我们是傻子吗？'他们大喊大叫，'血是新鲜的！有游

9

击队员来过这儿！'

"跟他们一起来的德国军官一听这个词，立即说：

"'跟我们走吧！'

"他们要把捷列扎带到米库洛夫市①。

"因为这条路只能爬着上去，我好不容易才赶上他们。她在他们前边走，没哭，只是一次又一次地回头。

"'妈，您回去吧,'她对我说,'您上去的话会很艰难。'

"他们到山顶时，她更加频繁地回头看。

"那些人叫喊着：

"'你看那儿干什么？'

"'我想把莫德里卡门看个够。'

"'你在那儿有男朋友吗？'

"'有。'

"他们爬到最顶端，在那儿转弯才能去米库洛夫市。在我这个角度，就看不见他们了。那时我的捷列扎显得雪白雪白的，而且她留心往这儿，往我们这地方看。"母亲说。

"他们却推着赶着她：

"'走！'

"'先生们，让我再看一分钟！我想把莫德里卡门放到我的脑海中带走。'

---

① 米库洛夫市：捷克东南部城镇。

　　"'你不是在看村子,'他们注意到了,'你在看别的地方,在看哪儿?你在那里还有一个男朋友吗?'

　　"我也看到,她在看别的地方。

　　"'啊!'其中一个人吃惊得好像被什么蜇了一下似的,'她在看罗斯人的阵地!'

　　"两个士兵拿鞭子抽她。她用手挡住鞭子,继续向那儿看。从那儿已经能看到山下很远处,几乎是在地平线的位置,罗斯人在那儿射击……

　　"他们抓住她,从两侧架住她的胳膊,把她推到他们前边去。就这样推着、赶着,还吓唬她:

　　"'不准回头!'

　　"但她默默地擦拭着脸上的鲜血,还是一直回头看。

　　"'那就打她!'他们大喊大叫,推着她快步往前走。

　　"我追赶他们,绊了一跤,摔在一块石头上。我在那儿躺着,一直到晚上……"

五

　　一切都已经暗淡了,模糊了,即使是那些所谓的"难忘的初恋"。为什么会有这偶然的相遇?那单纯的目光,仿佛是战争大悲剧中唯一真实的东西。为什么它不会渐渐暗淡?而且我还觉得它将永不褪色?

你好像一直活着。这是因为远方的厄尔士山脉一直与我相随吗？它们一天比一天近了，而它们魅力也越来越大了。现在我的眼里，它们已不再被雪覆盖，而是绿色的、繁荣的，被春天和煦的阳光温暖着。此时此刻，那如碧蓝湖泊一般的山间草地上，绽放着春天的第一枝花朵，用你们的语言，那叫作"天源"。

你来到有木雕花纹的门廊，穿着轻薄的白色连衣裙，胳膊上戴着黑纱，并往下看了看莫德里卡门后面的地方，那曾经是我们防守的地方。现在那里到处都是茂盛的草木，而当时的中立区，现在铺了柏油马路，斯洛伐克人坐着牛车不慌不忙地经过，去看当时被践踏、被击中的葡萄藤如何从地上爬起来，蔓延至太阳底下。

这样的时候，我和你会常常并肩坐在温暖的石头上，说着话。

捷列扎：

您在什么地方待了这么久？

我：

已经结束了。现在我再也不会离开你了。

捷列扎：

永远吗？

我：

永远。

捷列扎：

太好了，我们可以永远在一起了！在那个冬夜之后，我等了您这么久，在我看来，至少有一千年了！

我：

在我看来，我也用了这么久向你走来。

捷列扎：

最后我们又见面了！把您的手给我。您能不能感觉到千年的光阴移动到我们的面前了？现在它就在我们面前，对吗？属于我们的一千年！只要这些山脉变绿、阳光灿烂，我们就会活下去。我为这些财富窒息！

我：

无论如何我们都不会再像那个冬天那样匆忙了。当时我们没有时间谈论任何事情，是凶猛的山风徘徊在岩石间，阻挡了我们。

捷列扎：

现在我们有时间！现在我会告诉您一切当时没来得及告诉您的事情。听！听听这翠绿的山脉在阳光下绵延起伏的声音。

我们上方的天空，春色高远。大风呼呼地响，仿佛撞响了一口蓝色的大钟。

一九四六年

永不掉队

一

副教授站在讲台上，就像船长站在指挥台上。他在讲课。学生们也都站着，认真地记着笔记，本子就放在前排同学的背上。这间教室看起来就好像空荡的船甲板，没有桌子，也没有椅子，因为所有东西都被侵略者烧毁了。

然而侵略者烧不掉春天，于是在破碎的窗户外，依旧流淌着密集而和煦的阳光。板栗树间显出新绿，盎然的春意迎面扑来。

课间休息时，姑娘们并不像战争前那样，迫不及待地冲向阳台，而且现在通往阳台的门也被钉得死死的了。摇摇欲坠的阳台虽然好不容易从战火中保全下来，但随时都有坍塌的危险。

副教授拄着拐杖，走下讲台。他突然听到自己前方，有人正齐步朝他走过来，随即在离他不远的地方驻足，似乎要向他行军礼。

"德米特洛·伊万诺维奇……"

如果副教授没失明的话，他就会看见自己面前站着一位年轻的军官，年轻军官是前段时间刚刚来到这所学院的。

"德米特洛·伊万诺维奇，"年轻军官的嗓音很清澈，"我记得您，您以前在我的连队当过兵。"

"您……您……"

"霍罗韦伊。"

"霍罗韦伊中尉？！"

"不。不久前已经是霍罗韦伊大尉了，现在是您的学生霍罗韦伊。"

"我很高兴，"副教授说，并伸出手想要和他握手，"怎么回事？为什么你伸向我的是左手？"

"右手……已经没有了，德米特洛·伊万诺维奇。"

副教授烧伤过的发黑的脸皱起来，看起来十分痛苦。他们沉默了一会儿。

"为什么你特意称呼我的父名？"

"因为这是这里的规定。"

"请叫我赫洛巴同志就行，简单一点，就像当初那样。这能让我想起我还是第四连的士兵时的情景……那时我还没有失明。"

二

赫洛巴记得霍罗韦伊，而且记得很清楚。这位性情暴躁的年轻中尉在赫洛巴的记忆中，很长时间都跟某种苦涩的、受辱的感觉连在一起。

事情发生在一九四一年八月——那是动荡不安的一个月。

有一天夜里，霍罗韦伊的连队同全团一起，向战线另一端转移。夜色昏暗，暗得让人感觉仿佛待在地窖里。晚上开始下起蒙蒙细雨。连队在细雨里行军，就好像在无尽的灌木丛中穿行。如果队伍前面的人悄无声息地停下来的话，后面的人就会习惯性地小跑着撞到前面的人。不过当他们的鼻子撞到前面那位同志的背上的时候，他们就会……醒过来了。在这之前，士兵们已经连续好几夜都没合眼了。

休息时间很短，他们也不必找一块干燥的空地了，因为这里根本就没什么干燥的空地。他们在哪儿听到休息的命令，就在哪儿倒下，倒在泥路上也能马上睡着，而且睡得很沉。对士兵们来说，身体下方的软泥土，简直就是一种奢侈品啊。但指挥官们就没有这样的奢侈品了——他们不得不时刻保持警惕，随时紧盯着时间。

赫洛巴记得，当时有五分钟的休息时间，他躺下来，用军大衣下摆裹着自己的步枪，把头盔枕在头下，就这样睡着了，甚至还做梦了。他的梦各式各样，丰富多彩得仿佛春天的郊野。他感觉自己像是睡了很长时间。当有人轻轻踢他，把他弄醒的时候，他甚至不敢相信这些梦竟都发生在五分钟之内——仅仅五分钟！

不过有一次，休息时间结束后，没人叫醒赫洛巴——他的战友们没来得及想起他，他们把他给忘了，就像人在匆匆忙忙的时候会忘记带上某些东西一样。

他醒过来的时候，身旁一个人都没有了。

四周一片黑暗，一个可怕又荒凉的地方，只有无情的阴雨飘落下来。到处都暗沉沉的，整个世界连一点儿火星都没有，一点儿人声都没有。赫洛巴突然感到很孤独，很害怕，他想喊，想吼。他感觉自己仿佛被扔到了一个陌生的荒岛。他猛地站起来，用尽全力冲着黑暗喊起来：

"嘿……嘿……"

他站了一会儿，期待得到回答。但没有。

他又朝着另一个方向喊：

"嘿……嘿……"

黑暗中，回答他的只有沉默。

于是他开始奔跑，往前冲去。柔软的土路在他身后吧唧吧唧作响，仿佛什么东西在后面追着他似的。

很快，道路两侧出现了灌木。真奇怪，这是怎么回事？它们仿佛是在他睡觉时才刚刚长出来似的。这些黑色的灌木，在土路两边迅速生长起来。它们的枝叶仿佛手掌，纷纷想要抓住他。之前他并没留意过它们，因为一直有指挥官在为他引路。

赫洛巴被恐惧笼罩，而这种恐惧就像沉默却自信的狼群一样，追着他跑。这感觉让人迷茫，而且这一切正好发生在身为志愿兵的他把口袋装满子弹、做好了充分准备要积极作战的时候。连队正急速向前线迈进，去战场作战，而他呢？他的战友会怎么说他？一个逃跑者？一名逃兵？这对他来说，简直比死亡更可怕。

于是他继续向前跑，轻轻地握住枪带，同时发出绝望的呻吟。

17

他沉重的口袋叮叮当当地响。

"站住！什么人？"

前方出现了两个戴着头盔的人影，好像是从黑暗里突然冒出来似的。

"自己人。"

"谁是自己人？你往哪儿跑？"

"我没赶上队伍，没人叫醒我……我要追上我们自己人。"

"追得上吗？"那两个人笑了起来，"你去哪儿追他们？他们可能已经马不停蹄地奔前线了。"

"我也是……"

"你现在在朝后方跑啊！"

"朋友们……这怎么可能？"赫洛巴心凉了，"后方？"

那两个人又笑了，问他属于哪个部队。原来他们三个都属于同一个营。

"掉头一百八十度，"他们对赫洛巴说，"跟我们一起走吧。跟着我们，你就不会走丢，我们也……在追赶部队。"

这些善良的人，在前一次停下休息时，也坐在路边舒适的树林里睡着了。他们希望尽快赶上队伍，但他们看起来也不是特别着急。也许是因为他们有两个人：通常两个人在一起时，事情总是会更容易一些。

当他们追上队伍时，天已经蒙蒙亮了。霍罗韦伊可能已经发现他的连队走丢了一个人。所以他一直走在队伍侧方，时常往后看。

赫洛巴的大衣下摆撩起来，别在皮带后，一路小跑赶上了队伍。看见自己的连长，赫洛巴在远处高兴地冲他挥手。如果可以的话，赫洛巴简直想像看见亲人那样拥抱他。

但霍罗韦伊咬牙切齿，眉头紧锁，立在路旁。

"你溜到哪里去了，赫洛巴？"

"我没赶上队伍，中尉同志……我没听见……"

连长狠狠地瞪着他。看上去他想用自己的目光杀死他。

"没听见？你的耳朵聋了！"霍罗韦伊愤怒地吼起来，"敌人已经越过第聂伯河，而你没听见？敌人躲在灌木丛里，而我还要为你负责！"

"中尉同志……"

赫洛巴很想解释，想说对不起，但这时霍罗韦伊在他背上推了一把，说：

"步子迈大一些！赶紧！"

赫洛巴加速向前走。他心里很沉，很闷，很痛。他推着背赶他走！他就差敲他的后脑勺了！他这样对待他，像对待一个老笨蛋……他哪里会顾及他的白发？

他很想回头向这个无情的年轻人解释解释，消除他对他的质疑。

但赫洛巴知道军令，所以他什么也没说。毕竟错的人是他，不是吗？但被呵斥的痛苦又挥之不去，牢牢地印在他的心里。

之后他找了很多理由，希望能说服自己原谅这位年轻的连长。比如连长当时精神太紧张了，毕竟那段日子那么悲惨。比如有时候人很难控制自己的情绪，保持冷静很难。比如这位眼睛里充满红血丝的年轻人，就是这样没礼貌。再说，这位年轻中尉也不见得知道，这位温和的老兵三个月前还教着几百个跟他年龄差不多的小伙子呢。知道又会怎样呢？霍罗韦伊对赫洛巴在战争之前是做什么的，不会感兴趣。作为中尉，他只知道赫洛巴是第四连的一名士兵，仅此而已，并且他负责着他的每一步行动——负责他的生和死。

过了几天，有人向霍罗韦伊报告，说士兵赫洛巴被大火烧伤了，伤得很严重。中尉皱起眉头，开始询问情况。

原来，有一辆敌方坦克开向赫洛巴所在的战壕。赫洛巴从壁龛里掏出一颗自制燃烧弹，举过头顶，准备朝敌方坦克扔过去。这时敌人的子弹击中了这颗自制燃烧弹。一团烈火立刻笼住了赫洛巴。他扑倒在战壕里。就像水流涌进了井里，熊熊烈火瞬间填满了整条战壕。在这种情况下，士兵一般都会因为疼痛而丧失理智，以至从战壕里跳出来，接着再被枪弹打死。可是，赫洛巴没有，他没失掉理智，他也没有跳上来成为敌人机枪扫射的目标，相反，他掏出了第二颗自制燃烧弹。

"然后发生了什么？"中尉眼里闪烁出好奇。

"扔中了！"

"很棒！"霍罗韦伊松快地喘了一口气。他甚至对这位前几天被自己严格对待、被自己的鲁莽与怀疑苛责的白发士兵感到同情了，"老实说，他是个认真的老人。"

晚上，中尉撤去了赫洛巴和其他伤员的士兵职务，并且认定以后再也不会与他见面。

三

入学之后，霍罗韦伊并没有立即接触已失明的副教授。每次在教室或走廊遇到他的时候，霍罗韦伊也总感到有些不自在。他也同样记得那次行军中发生的事。

但同时，他也为那时自己能够指挥这样的士兵感到骄傲。那几十名民兵，在一九四一年辛酸又激烈的战线上默默挖战壕的民兵，都有谁呢？他们有的年纪大，有的年纪小，但他们一旦听见他的命令，都会立刻英勇地站起来冲锋。他们中间可能还有著名的拖拉机手、矿工、诗人和工程师吧？还有这位已经满头白发的技术科学副博士，也就是现在站在讲台上凭着记忆向学生口授几十个复杂公式的副教授。可是，当时霍罗韦伊没机会把他们每一个认清楚。那是被列入一线部队的步兵连，同一批士兵并不会在那里长久停留。于是他也只能请求那些活着的，以及已经阵亡的士兵，能够谅解他，原谅他当时对他们不够关心。

是的，那时是一条战线，而现在是另一条战线。这位曾经是霍罗韦伊部下的士兵，现在站在讲台上讲课。他高高地抬着头，有时候看看侧方，就好像听到"看齐"的命令时那样。这并不奇怪，对讲台下的听众来说，包括霍罗韦伊在内，赫洛巴说的每个词都让人豁然开朗。

但对霍罗韦伊，这个"原子核物理学"和"同位素"构成的"丛林"，真的很难穿越——有时候他认为自己永远没法理解这些东西。尽管他为这些东西绞尽脑汁，但还是赶不上别人。不用说，因为战争，他同样失去了很多。当他坐在被雨水淋湿的避弹所里，仔细研究战略地图时，科学则在不断地向前发展。他和战友们一起穿越雷区、偷偷靠近敌人的壕沟时，又不会想到什么"同位素"……而现在呢？有时他觉得这些东西超过了他的能力范围，是他没法接受的；有时他甚至想抛弃这一切，去其他的地方。

他跟赫洛巴已经谈过好几次了，而副教授也没提起过以前发生的难堪事，一次都没有。

"他可能忘记了？"有时候霍罗韦伊会这样想，"反正那只是一件小事。只是因为我当时精神紧张，才会勃然大怒。如果赫洛巴真的还心怀芥蒂，他一定会把不愉快都表露出来的。"

有一次，霍罗韦伊和几位女同学一起，去赫洛巴那儿接受辅导。女同学们向德米特洛·伊万诺维奇问了一些她们不明白的问题，副教授按照习惯，先向她们提问，以便确认她们对材料掌握的程度。

德米特洛·伊万诺维奇坐在桌子旁边，他身材挺秀，外表端正，穿着黑色的军便服，扣子跟以前一样，系得紧紧的。他伤痕累累的脸常常抽搐，仿佛他的思想正像波浪一样，在脸上不断起伏。

一个女同学在回答问题的时候卡壳了。赫洛巴不慌不忙地问另一位：

"亚塞奈琪卡，你觉得呢？"

"我也……不知道……"亚塞奈琪卡笑着回答。

"霍罗韦伊，你呢，"副教授继续温和地问，"你知道吗？"

霍罗韦伊红着脸站起来：

"我试一试。"

实际上，他也不太明白这个问题，但在这种情况下，他不能说"不"。毕竟，在军队他时常教导战士们不要说自己"不行"，时间长了，他自己也不习惯说"不"了。

"请讲。"赫洛巴说。他的表情明朗起来。虽然他看不见以前的连长，但在场的人能感觉出他为他感到骄傲。女同学们互相低语，看着这两位久经战场的残疾人，但她们此时完全感觉不到眼前是两位残疾人。他们两个——一个是从前的民兵，一个是连长、年轻的现役军官——都很有自尊心。虽然他们被生活摧残成了这副模样，但精神都没有溃败。他们之间存在着某种特殊关系，旁人只能察觉，却难以明晓。

霍罗韦伊回答时，很紧张，说说停停，时不时又从头开始回答。德米特洛·伊万诺维奇耐心地听着。霍罗韦伊本人却觉得自己的回答很凌乱，不值一听。他说的东西是那么荒唐可笑，让他感觉像是站在被烧得滚烫的石头上，又焦急又紧张。他错过了学习的时间，缺乏练习，他越来越绝望，于是最终，他狠狠撂下这样的话：

"就这样吧！"

"什么就这样，霍罗韦伊同志？"

"我放弃……我要退学！算了吧，我不想再研究这门科学了！"

"你说什么，霍罗韦伊？"赫洛巴慢慢站起来，"请再说一遍。"

"那个时候日复一日，现在也是日复一日。我晚了整整四年……而现在……已经赶不上了。"

"你这些话是对谁说的？"副教授悲愤地说道，他放在桌上的手也哆嗦起来，"我没想到你会这么说！"

女生们小声议论着什么。

"请安静！不要喧哗！"副教授朝她们不耐烦地大声喊道，"你们先出去，过一会儿再回来。"

女生们都没吭声，离开了教室。

教室里只留下他们面对面了——两位久经战场的战士。

"这些对你来说，真的那么困难吗？"副教授扶着桌子，挺着腰杆，气恼地问道，"你想找一条更容易的路，对吗？赶不上别人，你就放弃吗？但你还记得吗……"

这一刻，霍罗韦伊感觉自己仿佛被拉扯进了一个格外灼热格外沉闷的深渊。他知道，赫洛巴就要提起那件事了，那件已经过去很久的事。

的确不出所料，赫洛巴接着说道：

"你还记得在新莫斯科夫斯克市后面的草原里，那个可怕又致命的夜晚吗？"

"是的，很遗憾，我一直记得。"

"还记得你当时说过的话吗？'没听见！你的耳朵聋了！而我要

为你负责！'还有你推我的背，为了催我走快些……"

"我记得。"

"我也记得。你那时教会了我很多，霍罗韦伊同志。起初我对你粗鲁而残暴的行为，还有你不懂怎么使用你的权力的情况，很抱怨，但后来……后来我想到你的时候，我开始理解你和你的行为。你当时确实，是当着祖国母亲的面，在为我们这些士兵负责。你当时那样鞭策我，是因为我赶不上连队。但现在，也因为祖国的安排，我们的位置交换了，现在由我来为霍罗韦伊负责，不是吗？而如果他，久经战场的战士，追赶不上他的班级，要放弃科学，要躲在丛林里，我就不会痛苦吗？我应该管你这种行为叫什么呢，你告诉我？"

霍罗韦伊笔直地站在赫洛巴面前，沉默不语。

"我们的生活就是这样安排的。"副教授控制着自己高涨的情绪，继续说着，"我们在一生中轮流互相负责任，有一段时间你为我负责，而另一段时间我为你负责。说实在的，我并不想提那件事。你不要觉得我是一个爱记仇的人……"

"我并没有这样想。"霍罗韦伊诚恳地说道。

"那么，我希望以后再不会听到你说那样的话了。"副教授有些生气地说着，"时刻提醒自己，别让紧绷的神经松懈了……"

"遵命！"

"现在连队正在进攻……物理学。是的，就是物理学。而你，霍罗韦伊同志，必须得赶上。"

"我现在就执行命令吗？"霍罗韦伊开玩笑般说着。

"执行吧！"

"这位我曾经的士兵确实有指挥官的风采。"霍罗韦伊微笑着想，这时他已经走到走廊了。他虽然感到有点儿羞愧，心里有点儿沉闷，但同时，他也很轻松地，迎面朝女生们走了过去。

一九四七年

他童年的海岸

我只见过他一面——在布达佩斯。当时匈牙利庆祝解放五周年。晚上，在议会大楼举行政府招待会。节日的餐桌上方都是枝形的吊灯，还有音乐和喧嚣声。然而突然，一切都安静下来了。所有的目光向出口处聚拢。从那里缓缓走来的，是北方来的英雄。他的嘴唇带着微笑，一头白发闪闪发亮。他手里拄着一根拐杖，但这并没让他看起来很老，反而更加彰显出他与生俱来的威严姿态。整洁的银色发丝垂落在凸起的额头旁边，充满活力的炯炯有神的眼睛仿佛在跟大家问好。这笑容和善意，也许是因为他在生活中遭受了太多不幸，所以他想给别人带来更多美好。

我很高兴看到他在这里受到大家的喜爱和尊敬。他是接受了特别邀请来参加"年轻"的匈牙利的节日庆典的。尽管他年事已高，但他还是跨越了几条国境线到这里来了。这位世界闻名的作家、国际劳工运动的资深人士，在这次庆祝活动中是大家期待已久的来客。青年时期的他曾是一名工人，也许，这就是来自切佩尔①的大龄工

①　切佩尔：匈牙利首都布达佩斯的一个区。

人对他以"你"①相称的原因；他被一名半辈子都在霍尔蒂监狱②里度过的党员干部称为"同志"；甚至一个刚刚跳完恰尔达什舞的年轻农妇也惊讶地盯着他，尽管她可能刚刚才第一次听说他的名字。

在这次招待会上，有人为我们做了介绍。虽然他比我年长半个世纪，但我们之间还是有很多话可以谈，因为对我来说，那半个世纪，我已然从他出色的作品中知晓了。他的经历很丰富，但他，这位伟大的文学工作者，我想，也同样不曾见识过我们这一代人看见过的东西，比如，他没看到议会楼被炸毁，没听到战争中炮火的隆隆声。他与我们的不同正在于，他没有看到战争的巨大火焰在多瑙河沿岸升入高空……总之，他令大家深怀敬意。

我看着他，思考他的艰辛生活、他的青春和童年，思考他曾经如何愉快、勇敢地走过他的人生路，思考着他的民族、他的生活、他的智慧，如何汇集到他的诗歌中。

这是我与他唯一的一次相遇。然后，他走了。

当这位白发苍苍的伟人不再能出现在这世界的时候，我得到一次机会去访问他的国家，访问那个被寒冷的北风笼罩着的、他童年时生活的岛屿。

要到达那座岛屿，需在波涛汹涌的秋海上漂浮一个夜晚。我与我的同伴彼得，待在一艘旧船上，向着那个岛屿航行。彼得是哥本

---

① 乌克兰人习惯对十八岁以上的人（亲人、朋友除外）使用敬语"您"。
② 霍尔蒂监狱：霍尔蒂·米克洛什摄政期间的监狱。霍尔蒂·米克洛什，系匈牙利军人与政治人物。

哈根的工人，也是苏联友好协会的积极分子。船上几乎没有乘客，我们坐在一间明亮的沙龙里喝啤酒，轻声谈论着彼得那位著名的同乡——他年轻时在这地方做过帮工。我们一直谈到深夜。

我们的船在黎明时靠岸。岛上有一位艺术家朋友来接我们。他是友好协会当地分会的负责人。破晓时分，空气很冷，很阴沉；周围几乎是黑暗的；大海使劲地敲打着岩石海岸，发出低沉的响声；一股冰冷刺骨的寒风从北方呼啸而过。

艺术家坐在他小车的方向盘后面，我们三个人向着岛屿的深处驶去。一顶绣花小圆帽紧紧地贴在这位艺术家的头上，是那种纯正的乌兹别克绣花小圆帽。开车的时候，他向我们讲述这顶帽子的由来：原来，这是他在一次国际大会上，用他的贝雷帽与一位乌兹别克人交换来的。小圆帽是他们友谊的见证。从那以后，不管是夏天还是冬天，这顶布哈拉绣花小圆帽，总像是被炫耀一般坚固地戴在他的脑袋上。他的朋友们很喜欢这帽子，因为这好像是他在用它那明亮的色泽反抗当地市井之徒的保守风俗。

厚厚的云层飘浮在岛屿上空。外面飘着毛毛雨。以风景如画而闻名的岛屿，现在却渗透着一种阴沉，甚至仿佛是不祥的气息。散落在农田上的红色砖瓦建筑物就像营房。在北部的海岸，那些花岗岩石的顶部，阴沉的军用无线电台桅杆高耸入云。几辆载着士兵的卡车飞驰而过。

渔村在岛屿边缘。渔民们破旧的茅草屋蜷缩在岩石下。在其中一块花岗岩上，这位艺术家的房屋就紧紧地镶嵌在那里。这座房屋风格清新。但艺术家住在这里真不容易！他亲手敲碎了岩石，才为住所开辟了一片天地。他填埋泥土，甚至设法在属于他的石头露台上建造出一个花园。葡萄、樱桃、桃子……所有树木都矗立在附近，隐藏在这个很安静的不会被北风触及的角落。

这地方不是每个人都能习惯的。岩石下就是呼啸的大海，灰色的海面上大雾弥漫。

按照这位艺术家的说法，这座岛屿以其别具一格的光线吸引着他，他在该国其他地方找不到这种光线，或许，是因为高湿度的空气聚拢在海洋上空，才恰巧产生了这罕见的光线吧。正是在这里，他创作出了一系列的优秀画作。他的作品闻名欧洲许多国家。

艺术家的小房子充斥着难以忍受的寒冷，连电炉也不能彻底温暖这座有玻璃屋顶的简陋房屋。但他与妻子从年轻时开始，就一起在这里生活了。

二十年前，这位艺术家来到这座岛上，那时他那么年轻，而现在站在我们面前的——戴着一顶绣花小圆帽，嘴里叼着烟斗的——已经是一位头发灰白、脸上显露着勇敢与勤劳的老人。他还是渔民们的朋友。其实他自己看起来也像是一位简朴的渔夫：粗糙、强壮。而他敏锐的目光、开朗的性格、说话的方式，又让我想起了在布达佩斯遇到的他那位作家同乡。

友好协会的会议在晚上举行，在此之前我们还有一些时间，我们决定去参观那位伟大作家童年时生活过的城市，于是我们再次出发，去往岛屿的深处。

蒙蒙细雨浇淋在车窗玻璃上，风呼啸着。是一月的夜晚，但一切的色调，却像极了我们那里的深秋时节。事实上，按照时间现在仍是白天，尽管一些司机已经开启了前灯。我们仿佛正在奔向永恒的暮色。

郁闷，阴沉。

城堡的废墟——古代的传奇印证它们的庄严。

天空——像岩石一般；岩石——像天空一样。

如此忧郁的景观仿佛唤醒了莎士比亚作品中的人物、那些中世纪的鬼魂。在这里，它们比其他任何地方都显得更加真实。也许是因为在那之前，我刚刚参观了克伦堡①的缘故，据传说，那曾经属于哈姆雷特王子②。

岛很小，当你沿着高速公路行驶时，你总能感受到大海的气息，寒气扑鼻、刺骨。暴风雨咆哮着掠过海面。渔民们全身湿漉漉地开着小摩托艇赶回家，从头到脚结上薄薄一层冰。大海毫不温柔地将破碎的船只拍打至岸边。

艺术家说，几年前有一艘苏联船只抵达这座岛屿，并留下了一名年轻的海员。因为海员突然生病，无法继续航行，所以只好留在岛上休养。在这期间，他与沿海渔民成了朋友。他教他们唱歌。他们如今回忆起他的时候，仍然感到温暖。在他们的讲述中，他有另

---

① 克伦堡：丹麦旅游胜地，为欧洲文艺复兴时期的重要城堡之一。
② 哈姆雷特王子：莎士比亚剧作《哈姆雷特》中的人物。

一个名字：唱歌的海员。

　　岛上农场的红色砖房渐渐映入眼帘，使人不由得萌生这样的想法：也许这些农场中的某一个，就是那位作家年轻时当雇农的地方呢。

　　我们很快就会看到他出生的城市了。这座城市与他同名，但并不是因为他成为作家才重新命名的，而是作家借用了这座原本不知名的岛屿小城的名字，来为他的第一部作品署名，从而使它扬名世界。

　　天色渐黑。天空低得好像压了下来。我们仿佛正在朝着某座低矮的灰色拱门前行，这便是小城了。海风让这里的一切都变得暗淡无光：湿润的气候，红砖砌成的房子，复古的城市……

　　我一直以为，这里每位居民都会为他们这位伟大的同乡而自豪。我从不曾觉得会有什么人恨他，甚至恨到连他的名字也不愿提起。

　　然而我们就遇到了这样的人。他们刚从酒吧出来，在商店橱窗外，面色阴沉地站在一起，都是宽宽的、红红的脸盘。这就是所谓的"市井之徒"了。他们皱着眉头听我们向他们打听这位伟人。我立刻感觉到他们对他充满了敌意，以至连我也成了他们的敌人，而这仅仅因为我敢如此坦率地、几乎是心花怒放地问道：

　　"他住在哪里？他在哪里出生？"

　　他们假装不明白我们在问什么，耸耸肩膀，互相看一眼。我们离开之后，他们在我们身后哈哈大笑。如此愚蠢和自得，就好像他们不属于他的家乡，不属于这个富有礼貌和文化的民族一样。

第二个酒吧同样如此：店主、鱼贩子、屠夫……哦，我认出你们了，你们便是他作品中的人物。他嘲笑你们的骄傲、贪婪、愚钝……所以你们一听到他的名字，就会立刻表现出一副厌恶的样子。

他们想要抹去他的痕迹，他们不知道即使在他们的仇恨中他也是不朽的。他嘲笑并揭露了他们的缺点，而他们——现如今所谓强大的"城市居民"——不能忘记这一点。对他们来说，对他的仇恨就像一份遗产，代代相传。也许他们会为这位伟大的同乡感到骄傲，会因为他的荣耀而获得利益，但是他们无法战胜自己的狭隘、卑鄙，以及对那位伟人的仇恨。而他却在永恒中，快乐而无情地为他们打上了耻辱的烙印。

我想起在另一个国家，在多瑙河畔，人们如何向他表示敬意，想起我们国家的人民如何爱他。而眼下，他们，这些成堆的酒鬼，这些啤酒喝得太多的醉汉，如笨手笨脚的海豹，在酒吧黑压压的人群中拥挤。对我来说，他们只是展示了自己小人的一面，盲目地咒骂着那个像老鹰一样矗立在他们平淡无奇的生活之上的伟人。

我们还是找到了那座令我们感兴趣的房子。那扇窗——也许他小时候就曾站在那扇窗前——现在挂着一幅白色的窗帘。房子目前的主人正在将窗户上厚重的百叶帘放下。我们请求去公寓里面看看，看看这座岛屿的光荣之子的故居。但房主只是隐约地呢喃着，嘟哝了些什么。然后我们就只能看着房主那光滑的红脖子，听着铁质百叶窗发出的隆隆声了。房主把窗帘放下来，隔开了我们，也隔开了从汹涌的波罗的海刮来的寒风。

如果没有之后与工人和渔民的偶然相遇，我们会因此而情绪低落。在汽车修理厂，有一群刚乘小摩托艇回来的工人和渔民。他们向我们亲切地打招呼，问我们是谁，以及我们对什么感兴趣。

"这的确是红莫尔顿①出生的房子，但现在房子的主人不让任何人进去，"穿工作服的工人说道，"他害怕红莫尔顿的灵魂。"

工人们都很年轻、强壮，他们的体格、力量、情绪，都渗透着红莫尔顿年轻时的气息。我们和他们一起站在海边，看着巨浪翻滚、沸腾，在夜晚的黑暗中犹如一缕白光。我们在潮湿的海风中一点儿也不觉得冷。我们沉默地听着海浪有节奏地拍打海岸。突然间，有种感觉变得如此清晰：没有人可以在这里摧毁他的痕迹，因为这里的天空布满了他的灵魂，整个空间都洋溢着他青春的微风。大海冲撞着海岸，发出哗哗的声响，发出激浪拍岸的永恒的声音。我听到了它的节奏：

"尼克索——尼——克索——"

一九六〇年

---

① 红莫尔顿：指丹麦作家马丁·安德森·尼克索，其代表作为长篇小说《红莫尔顿》。

夜里的两个人

　　艺术家的名气正值顶峰，他的灵感源源不断，以至连国家领袖都希望跟他亲近些。

　　这位领袖人物总是令其他国家感到害怕，也让其他人瑟瑟发抖，但他跟艺术家面对面的时候，却变得寻常起来，甚至还会显得意志薄弱。大概因为他在平常的时候都表现得相当冷酷，所以他很珍惜这种能借着其他灵魂发出的火光来给自己取暖的机会。而艺术家这个人呢，明亮、丰富，且格外慷慨，所以他们友好的关系也不足为奇吧——至少在他们的生命中，曾经有过这样的一段时间，他们共同留下过这样一段足迹。

　　据说，这位著名艺术家从乌克兰来到莫斯科，在他停留期间，在那条二十世纪三十年代他的妻子曾居住过的宁静的小巷里，斯大林去找过他。甚至有时候，还是斯大林亲自去那里接上他，两人再一同散步去。自会有人为他打开黑色大轿车的车门，斯大林会让他坐在自己旁边。客人坐下来，轿车就在莫斯科的夜色里行驶。有时斯大林会在某些意想不到的地方下令停车，然后车门开了，他们便开始步行。

　　众所周知的是，曾有一次，他们整夜都漫步在阿尔巴特区[①]，沿着夜晚荒凉的街道从容地漫步。他们的脚步声很响。秋季的泥泞期已悄然离去，严寒封锁地面，寒气覆盖着混凝土与花岗岩。最后未凋的树叶已被冻结，然后忽然散落，风吹得它们沿人行道沙沙作响，仿佛铁皮划过地面。

　　两个人一边走，一边沉浸于他们的谈话和思想中。荒凉的街道在他们面前变得僻静、空旷。打扫庭院的人也不见了，只有一些黑影一闪而过，随即消失，迅速隐身于周边区域。这些就是保卫人员了。他们到处都是，到处都能感觉到他们悄无声息的存在，就好像蝙蝠无声无息地存在于夜空一般；他们潜伏在各处，聆听着，观察着，眼神始终没离开过他们保卫的对象——那位身着军大衣的人。他们对这位艺术家、这位貌似普通的电影导演倒感到很惊讶：他怎么能在领袖面前这样从容自如、无拘无束呢？他走在他旁边的样子，全然是一副独立自主的模样，这怎么可能呢？

　　旁人看来，也许完全猜不到他们哪一个是下属，哪一个是上级。其中一位，个子较高，头高高抬起，一副骄傲姿态，充满艺术气息的绅士帽微微偏向一旁，帽子下边露出一缕白发。他的外套大衣轻盈、优雅，他的双手很自然地背在身后。而走在他旁边的那位，看上去则比较壮实，脚步也很沉重，有时会用他那标志性的姿势抚着

---

①　阿尔巴特区：莫斯科中央行政区内的一片区域，以其艺术气氛而闻名。

整理

胡须——那胡须是能决断生死的，它在移动间就可以决定某人的幸
福了，要不就是让某人永远从世上消失了。他戴一顶带檐的便帽，
穿一件纽扣整齐排列且系得紧紧的军大衣。这件军大衣早已成为花
岗岩及青铜石像上的标志，在那些台座上熠熠闪光了。哪怕最炎热
的时节，人们都穿着印花薄布衫熬着酷暑的时候，这厚重的军大衣
也矗立于每个地区的中心城市，人们透过灌木丛依稀可见那些已经
发黑的衣身下摆。

　　事实上仅从外貌，真无法分辨他们哪一个是上级，哪一个是下
属。看起来他们只是两位晚归的路人，在阿尔巴特区的夜色中随意
漫步而已。

　　"'……上帝被带走了，教堂被摧毁了，我们被迫学会了如何
盗窃，从来没有过那么多盗窃行为！'我们到处都可以听见这样的
话。而这是真的，斯大林同志。人们从来没偷过这么多东西，也
从没有过那么多的贿赂，即使是沙皇时期也没有！有些妇女，我
甚至都不好意思说，她们在痛苦和贫困中顾不上羞耻，把偷来的圆
白菜放进自己的怀里，放进她们母亲般的怀抱里，而这就是乔尔乔
内①画中所描绘的纯洁的女性吗？她们一个偷果穗，另一个偷一把
种子，还有的从田里带走一个土豆。这一切都是因为我们按劳动工
时发放粮食！在这种情况下，请不要见怪，她们的孩子随后也会习
惯偷东西，习惯顺手拿走手边的一切，而且他们并不认为这就是盗

————————

①　乔尔乔内：意大利文艺复兴时期的艺术大师，威尼斯画派画家。

窃。最可怕的是，孩子们真的会这样做。他们说，我们不是偷窃，只是拿走。因为它是我们的，是我们劳动的果实，而且我们需要吃饭。"

"夸大其词。"如果在公众场合或者会议上，领袖会这样说。但这时，他只是用手掌边缘压住他的小胡子，然后低下头，鼓励般地说道：

"说吧，说出一切。我在听。"

"斯大林同志，世界上还有很多人仍然生活得很艰难。在他们那儿，比如巴黎，失业者在桥下过夜，孩子们在垃圾堆里翻寻食物，他们看起来特别痛苦。然而我们这里也并不像一些无耻之徒说的那样就是'美好的天堂'了。这次乘火车来这里时我看到，车站有很多人带着包袱，有很多面孔带着无限的忧虑和深深的忧伤。这边，一位衣衫褴褛的母亲哄着孩子睡觉；另一边，一群人蜷缩在咸鲱鱼的周围狼吞虎咽，他们已经很久没吃过什么好吃的东西了……空气沉闷、肮脏，疲惫的人们——有带着孩子的，也有带着病人的——整夜都待在这样的环境中……"

"将来不会再出现这样的情况了。"

"那需要更快到达所谓的'将来'。"

这座城市正在沉睡。无人的街道看起来便格外宽敞。深秋寒冷的夜空中，星星显得尤为明亮，亮得仿佛是某种辐射，偶尔，也会从远处飘过几缕稀薄的烟云。一眼望去，左边远远的某个地方，仿佛所有的房屋、星星，都聚拢在黑暗里了。突然间，隐约传来成千上万人的喊叫，在夜晚这喊叫那么让人惊心动魄，"乌拉"①。随后从无线电中传来清晰又严厉的声音，是长官向队列下达指令的声音。节日即将来临，趁城市陷入沉睡、广场空闲的时候，广场上那些人在为阅兵做准备。安静了一会儿，寒风再次带来被刮成碎片似的一声声"乌拉"，还有队列的踏步声（感觉地面都被震得嗡嗡直响）。不远处的扩音器里接着发出一声愤怒的、整个广场都能听到的呵斥："口号一定要喊整齐！"这让他们都觉得尴尬起来——那位即将检阅阅兵仪式的领袖，还有他的同路人。而他这位同路人，对夜晚这声空虚的"乌拉"，还有那位类似于他的"同行"、正在组织整场活动的无名指挥官向领袖的殷勤讨好，感到很别扭。

夜晚的风呼啸而过，吹得街道两侧的房顶隆隆作响，仿佛是为缓解这两人间的尴尬气氛似的。灯光昏暗，古老的建筑屹立于眼前。他们放慢步伐，环顾台阶，目光穿过檐壁和永恒负重的大理石男像柱，以及一排已经很长时间没有光亮的威尼斯风格的窗户。

他们继续往前走，沿着宽阔的沥青路，踩踏出清晰的脚步。这位艺术家富有活力地自由地走在路上，走在统治者前面，在行走中陈述他那些关于建筑的理念。斯大林听着。斯大林很感兴趣，并询问细节：艺术家是如何设想的。毕竟，所有这一切都可以而且应该实现。未来的城市，建筑物会高于法老金字塔，并且似乎已经在其视野中不可遏制地威严地成长起来了似的。

---

① "乌拉"是一种欢呼声。

"我们的时代必须有自己的风格。"

"对，每个时代都必须创造出一些永垂不朽的东西。"

"然而在哪里可以找到它的阿特拉斯①们？"

"他们是存在的。他们只是被劳动压弯了腰……"

他们斜穿过街道，从街角后方突然射出一束汽车前灯的光，刺着他们的眼睛，同时响起一阵刺耳的警笛声。

他们走到一旁，对看一眼。两人脸上都没表现出任何恐惧的样子。真的没有。他们能互相证明这一点。尽管这辆车像子弹一样从他们身边疯狂擦过，但并没有威慑到他们的尊严。

超速的汽车不受惩罚、狂野而任性，挑衅的车灯仿佛挟带着一股邪恶的力量。刚才的保卫呢？明天谁的脑袋将会飞离肩膀呢？短促的警笛声，就像强盗的呼哨一般，很快就过去了，似乎并不只是一个出于恐吓的警告，而是要摧毁他们的灵魂，要嘲笑这两位迟归的阿尔巴特路人……

即使这两个人是——斯大林和多夫任科②。

是的，对于这辆夜行的车辆来说，他们只不过是两名普通的晚归的路人。疯狂的车轮可以击倒他们，压碎他们，摧毁他们，甚至让他们在一瞬间消失。当然，那辆超速的车应该被判刑，司机会被找出来的。但他是谁呢？是谁如此蛮横，允许自己在这里撒野？那

---

① 阿特拉斯：又译"亚特拉斯"，希腊神话里的擎天神，属于泰坦神族，被宙斯降罪用双肩支撑苍天。

② 亚历山大·多夫任科：乌克兰电影导演。

彪悍的司机是喝醉的无业游民吗？还是……

"斯大林同志……您知道人民怎么称呼这辆车吗？"

"怎么称呼？"

"黑乌鸦。"

"是吗？"斯大林更仔细地看着车尾。面包车尾部的深红色信号灯已经快要消失在拐弯处了。

"它里面坐满了人，是那些刚刚在睡梦中就被抓走的人，可能都是些无辜的人。"

"您错了。他们是人民的敌人。"

"可能是无辜的人。现在那些高大的威尼斯窗户或者地下室的小窗户后面，他们的亲人也许正在为此伤心。他们被剥夺了最昂贵的自由。他们的世界缩小到只有棺材那么大。他们周围一片黑暗，头顶只有一个窥视孔，通过那个孔可以看到星空。"

"窥视孔，星空——所有这些都是你们知识分子的多愁善感，多夫任科同志，"说话人的声音里透着一种愤怒，"而历史对这些事情也只会置若罔闻。再说，您是从哪里知道那个乌鸦车里面的情况的？"

"人类富有想象力。我曾经想象过。这很容易。"

"艺术家的不幸在于，他们将自己的审美法则强加于他们周围的一切，以为只有这些法则才能衡量生活。在他们看来，艺术是一个尖顶，是一切事物的顶峰，没有什么力量比艺术的力量更强大。您的艺术力量真的很强大，但不是最强大的。生活中自有一种贯穿一切并克服一切的力量……您怎么不说话？"

"我无话可说。"

幽静的街道上，脚步声再次响起，光秃秃的树木在风中吱吱作响，门缝中再次浮现出那些如蝙蝠般移动的保卫人员的身影。

"就像我看到的那样，您，多夫任科同志，不容易受到惊吓。您并没有被黑色面包车吓到。"

"好像没有。"

"什么都不怕？"

"怕。"

斯大林变得活泼起来：

"怕什么？"

"我害怕……被遗忘。仅仅只是怕被遗忘！"

在他们所停留的街角处有一个电子钟，那里显示出了一个很晚的接近凌晨的时间。显然，斯大林已经决定，他们的散步到这里就可以结束了。他锋利、尖锐的眼神以一种令人催眠的力量，停留在艺术家纯净而精力充沛的脸上。

"我知道您在想什么，多夫任科同志……您一定在想：现在我俩，一个暴君和一个艺术家，在夜晚的城市里同行，而您却直言不讳地告诉他所有的真理……"

"我说的话是有道理的。"

"不过我不是暴君。至少，我不是生来就那样的。"悲伤似乎冲破了他的嗓音。在他满布荆棘的眼中，露出一些十分忧郁但诚恳的东西——是来自高加索山、来自他童年的东西①，也像是来自他母亲的东西。

他看着多夫任科，对离别表示遗憾。从他的眼神和样子看来，他几乎是一个手无寸铁的人——这样的人注定寂寞。

"要我送您吗？"

"谢谢您，斯大林同志。我散散步。我……很激动。"他握了握斯大林伸出的一只女性化的小手。警卫队开始奔波，金属门发出撞击声，此后，艺术家被独自留在街角。

这一切，发生的所有一切，让多夫任科真的有些感动了。晚上沿着阿尔巴特区步行，独自与领袖人物相处。明天所有政府办公楼的领导们都会知道今天发生的这些事情，都会嫉妒他，并向他询问最微小的细节。他喜欢受到这样的高度关注，感受到他人的恭维，而且他没有对自己隐瞒这一点，他也并没有因为这种虚荣而感到内疚。暴君和艺术家？权力和艺术的碰撞——这真的可以单独成为一个创作的主题……

寒风让激昂的脸庞冷却，但他看起来依然神态自若，然而谁又能想象到他将来的生活会多么疲劳呢——那真是持续的疲劳，虽然目前还没有。所以在他的姿态中，仍可以看到那个被朋友们称为"矫健得像鹰"一样的东西。

他本身就像一只老鹰，他也以鹰的方式前进。

---

① 斯大林是格鲁吉亚族，在高加索出生。

他以笔挺、强壮的姿态行走在寒风凛冽的街道中央。在夜间
"黑乌鸦"惯常出没的地方，他看着大片的房屋，知道其中一些已
经注定会灭亡，它们很快就会被摧毁和拆除，为现代建筑理念的实
施腾出空间，为新时代雄伟壮观的建筑提供广阔的场所。但无法预
见的是，在官僚的执行中，他设想的那些具有可塑性、富有美感甚
至有些奢侈的建筑，是否会以某种自命不凡的、华丽而沉重的形式
出现……

但他仍充满力量和勇气。他很高兴自己能够以年轻人的姿态、
毫无阻碍地自由行走在街道中央，仿佛在广阔的杰斯纳河①附近的
草地上行走一样。

远处广场传来坦克的隆隆声，还有游行队伍的步伐声，声响逐
渐沉没在街区后方。隐藏在庭院中的清道夫走出来，开始用扫帚清
扫那些如铁皮划过地面一样沙沙作响的树叶。艺术家希望能向所有
打扫庭院的人讲述这一切，讲述人类精神中的无畏，讲述人类对真
理永不间断的渴求，连斯大林也不得不倾听这些真理——他只是更
愿意它们从艺术家口中说出来。

"那么，谁的力量更强大？您说，是您的，斯大林同志，但是
为什么，就像我察觉到的那样，您不是也不能避免疑虑、恐慌和
悲伤吗？"

艺术家高昂着头，走在悠长的街道上。寒风呼啸，他心中充满

---

① 杰斯纳河：乌克兰的河流，多夫任科出生的地方。

对所有人的悲悯，无论是对车站那些疲惫的旅人，还是对穿着军大衣的拥有无限权力的人。

他在小公园看到刚刚与他同行的那个人的纪念碑。在前面某个地方，寒风掀起了全世界都熟悉的一块巨大的画像布。艺术家仿佛看见那双闪烁而神秘的眼睛眯缝起来，其中满是孤独和悲伤。

临别时刻，斯大林神情忧郁，厚厚的小胡子微微抖动出一个不寻常的微笑，一个祈求和讨好的微笑。

是的，他的权威没有界限，但这个权力无限的人，在艺术家面前却也变得像一个请愿者，祈求赞许和支持。

他在寻求永恒的力量予自己以护佑。

一九六三年

沙滩角上

前方已经什么都没有了——只有空旷，一望无际的空旷。一片土地—— 一片狭窄的无人居住的沙滩隔开了草原，一直伸展到大海。沙滩仿佛穿过地平线，穿过天空，继续向前延伸。没有人能看到它的尽头。它最终消失在阴霾中。

沙滩在某处变得相当狭窄，沉没在冬季的暴风雨和寒冷的海浪中，沉睡在干燥的、炽热的沙子里，沉睡在草木犀中，沉睡在鸟儿的鸣叫声里。

现在这里还留存着许多鸟巢，没有被人类摧毁；海洋上空的空气也还没有被污染。一切看上去都如此和谐，让人感觉自己只是这浩瀚世界中的一小部分，是这片无垠中的一小部分，是这蓝色的永恒里的一小部分。

这里是大陆的边缘地带，被列为自然保护区，是大地上最纯净的地方。

在沙滩的最边上，站着一个女孩，她在这现实世界的边缘为鸟儿们嵌环。女孩按顺序从篮子里拿出轻质铝环，套在鸟儿的腿上，再巧妙地扣上它——像给鸟儿戴上护身符——这是人类与鸟类开始交流的标志。

飞翔吧！

然后她把鸟儿放飞了，放飞到海洋上方广阔的天空里，看鸟儿们融入那片无边无际的蔚蓝，她心中继而会浮现出这样的信念：你的鸟儿不会死亡，它们会从你的掌心飞向永生。

这是她最喜欢的工作：她心情舒畅，她周围的人都很善良，还有这片望不到边的棕色沙滩。这里有风，有阳光，有原始而浓烈的自由的气息。她学生时代在宿舍的夜晚梦见的，不正是这些东西吗？那时候，经过一天的奔波劳碌，她趴在枕头上，但即便休息时她也无法摆脱某些疑惑、忧虑，以及属于大学生的苦恼。那时她期盼爱情，但爱情却没能开花结果，这份遗憾在她灵魂深处炙热地燃烧，让她筋疲力尽，让她尴尬地期盼着，尽快离开这里吧！她希望待在某个远远的地方。

从生物系毕业后，她这个出色的学生留在了首都。但并没有很长时间，情况就发生了变化，她来到了这片边缘之地，这个只有鸟儿才会来的地方。

好吧，有时梦想会以这种方式实现。在体验了城市生活的压力和过度的紧张之后，饱尝了那种惊人的生活节奏、汽车的尾气、城市的喧闹之后，她终于能感受到沉默的好处，并逐渐开始摆脱困惑。

在沙滩角上，早上出门，她就能看到太阳升起；在海边做体操，她赤裸裸地站在那里，微风轻抚着这片沙滩……在这里，她没什么约束，也没什么会催促她。这里仿佛属于另一个时间、另一个维度、另一个空间。

永恒就在这里——在纯净的、无污染的沙子里，在拂来的微风里，也在鸟儿无拘无束的飞翔中，还在宁静之夜也不会消散的海潮的音浪里。

每天早上，她都面对着太阳。她在海的这一边，它在另一边。她做学生体操锻炼，面前是一片厚厚的海蓝色，还有几处白色的雪堆，闪着光！

那是天鹅！不是想象中的，也不是野鸭，而是真实的活生生的天鹅。

它们跟她呼吸着一样的空气，它们在她的领域筑巢，而且它们并不怕她。天鹅就像会漂移的雪堆一般。也许只有孩童时的梦中才会出现这一幕吧。对她来说，它们就是现实存在的，是她清晨的快乐，象征着世界的健康和纯洁。或许，这个世界上只有这片地方还保留着这份纯洁了。

清晨，白珍珠般的云层，像护卫舰一样安静而庄严地矗立在视野中。她走过去，衣服挂在胳膊上，像夏娃一样在白色的沙滩上漫步。她的身体感受到清晨微风的抚摸。她的脚下，波浪在起伏。湿润的沙粒被她的脚带来带去。浪花的泡沫编织成层层白色花边，然后逐渐消散。她脱光衣服，在沙滩上行走，有时候甚至要走几公里。除了鸟儿，她不会碰上任何生物。她的衣服可以随意放在海岸上—— 一双皮鞋、一条裙子——哪怕放一整天都不会有人拿走它们，没有人会碰。

米哈伊尔·伊万诺维奇远在岸那边的草原保护区工作。那里，干枯的稻草被堆成一垛一垛的。他站在干草垛上，将一部分干草踩实。他的妻子，普拉斯科芙娅·菲多罗夫纳，从下面递给他一根干草叉。妻子是他在这片保护区忠实的朋友。但对他们俩来说，似乎也从没觉得孤独。他们跟当地所有看守人一样，有点野蛮，不喜欢说话。起初，这一点让奥尔加感到有些害怕，她以为他们沉默是因为在生气。但其实他们不是生气，他们只是不喜欢说太多话而已。米哈伊尔·伊万诺维奇还不喜欢写字。他的工作要求他记日记——在官方的记录中留存鸟群到达和离开的所有细节，记录这片土地上的生灵的微小变化，记录大自然所有变幻莫测的现象。而他总是潦草地写下两行，然后就画上句号。有人给过他关于如何观察鸟类、如何记日记的建议，但作为回应，他只是让自己耐心地沉浸在一个满是胡须的尴尬的笑容里。

"那关于它们应该写些什么呢？我需要的，我不看日记也知道。"实际上，他对鸟类的了解确实不比鸟类学家少。他不需要抬头，就能说出什么样的鸟儿从自己头顶上方飞过去了，或者羽毛长什么样的生物这一刻又从他身边划过去了。

现在看起来，日记似乎已经被完全遗忘了，因为眼下正值忙碌的割草期。一般在这个季节，会有实习生来帮忙，有时候州农场也会派人来，但现在只是米哈伊尔·伊万诺维奇自己在干着堆干草的活儿。

有时候，奥尔加也拿着干草叉来帮忙，她想就以此代替做早操好了。她将干燥的稻草一摞一摞地向上堆，米哈伊尔·伊万诺维奇就在上面默默地踩着干草，这样干草就不会因秋季的雨水而腐烂了。

有一天早上，奥尔加一直在忙着堆这些草垛。她弯下腰，用干草叉放倒干草，突然间，她感觉到，头顶上有鸟在飞！就在某处，离她非常近的地方。抬起脸一看，正如她猜想的：是天鹅！

整个天空仿佛都是巨大的翅膀有节奏地扇动时的光芒。每只天鹅都很大，而且飞得这么低，难以置信！站在干草垛上的米哈伊尔·伊万诺维奇似乎伸手就可以够到它们。但他连头也不抬，继续踩着干草。它们雄伟而缓慢地在奥尔加上方的天空中飞翔，飞越了干草垛，飞过了已经被晒得黝黑的米哈伊尔·伊万诺维奇。它们没受到任何惊吓，终于缓缓地降落在河口某处，静静地落在沙滩那边的水面上。

令人眼花缭乱的白色羽毛。羽翼丰满的翅膀划过空气的沙沙声。

它们充满智慧，无所畏惧，信任人类——所有这一切都让奥尔加震撼，然后整整一天，她都沉浸在天鹅飞翔的情境里。她向米哈伊尔·伊万诺维奇的妻子和其他看守人兴奋地描述它们：

"就在你头顶上！伸手就可摸到！甚至还能听到一大堆翅膀一块儿扇动起来的时候的那种沙沙声呢！"

她还笑着补充说，米哈伊尔·伊万诺维奇只是在干草垛上面踩来踩去，完全没有注意到它们。

"不，我看到了它们，"米哈伊尔·伊万诺维奇以一种羞涩的微笑为自己辩护，"我还数了一下，它们有多少只，而你，奥尔加·瓦西里夫诺，可能没想到还要数一数吧？"

她真的没有想到，因为她整个人都沉浸在那令人眼花缭乱的景象中了，这是她第一次这么近距离地看到在半空挥舞翅膀的天鹅，感受到它们像太阳一样的光芒。这是她第一次这么近地观察它们翅膀挥舞的动作，感受到它们飞翔时的魅力和诗意。

这里就是这样。今天生机勃勃的天鹅从你的肩膀上飞过，而明天，或许粉红色的非洲火烈鸟就会出现在看守者的小屋屋顶上，它们会带着热带地区的气息，停留在看守者的兔舍上，或在某个平淡无奇、干得像茶叶一样的干草垛上弄出沙沙的响动。它们仿佛陶醉于干草的气味。昨天来这里的实习生也品闻过这些干草垛散发出来的清香。

农艺师这天骑着一匹肚子肥大的母马从邻近的州农场顺路来到这里。他戴着宽边帽，看起来像一位草原牛仔，留着红色的胡楂儿（似乎他从不刮胡子）。

奥尔加心情愉快，开始向他描述当天看到的天鹅，但他只是在他的阔边帽后面嘿嘿笑着说：

"这不奇怪！我们区中心的镇上，今年'五一'时，它们还飞过看台呢，整个广场都在为它们鼓掌……那才是奇迹的一幕！"

来者没有下马，一直盯着干草垛看，又问米哈伊尔·伊万诺维奇，有没有听到消息，什么时候分发干草。

"重要的是，别错过那个时间，"他向奥尔加解释道，"多好的干草，油绿，芬芳……看得连自己都想尝一尝。"

他一边用手揉着干草，一边对米哈伊尔·伊万诺维奇开玩笑：

"如果你们把这垛干草分给我们，我们会设酒宴，酬谢你们。"

"他们说分给谁，我就分给谁，"米哈伊尔·伊万诺维奇回答，"不是由我来分配的。"

"记住，请牢记，否则我们就不给你们供水了！"农艺师喊道，随后便离开了。

沙滩角上没有井，上级早就承诺要打一口自流井，但用米哈伊尔·伊万诺维奇的话说，"他们只是用舌头打"。所以到目前为止，他必须时常带着水桶去州农场，从那儿的自流井里打水回来。今天午饭后，他就去州农场了。奥尔加也和他一起去了，因为她要去邮局。

她没收到期盼的邮件。回沙滩的路上，奥尔加坐在马车上，很悲伤地蜷缩在一个水满得直往外溢的水桶旁边。

在途中的某个地方，他们遇到了一名骑手。也许奥尔加本身就在等待一些不寻常的事情发生，于是当骑手在地平线上出现的时候，她觉得他仿佛是来自那种鞑靼人和哥萨克人生活的地方似的。他离她越来越近了，她的心脏因难以理解的激动而怦怦直跳。

骑手像风一样疾驰而来。他经过风吹日晒的皮肤黝黑黝黑的，身体真健壮！他在米哈伊尔·伊万诺维奇笨重的马车前突然勒住了缰绳，雪白的牙齿间闪烁着微笑。她脸红了，因为她仿佛认定，他果真来自那遥远的骑士时代。他的身形就像一只老鹰，或者他本身就是一只老鹰！就差在腰间挂一把剑，在头顶戴上珍珠毛帽子①了。虽然他就像一个从远古时代来的陌生人，但他抽着完全现代的香烟。他一过来就招呼米哈伊尔·伊万诺维奇，让他也来一支什普卡②。他们吸着烟，他开始吹嘘，说他们拜拉其岛③要组建一个狩猎场，刚才地区领导已经这么决定了，而他已经被任命为职业猎手。

"职业猎手，这听起来很棒！"

他的眼睛微微眯起，一直盯着奥尔加。她的脸涨得通红。

"而你应该小心了，"他对她说，"穿得像夏娃一样，在海边走来走去……你以为真没人吗？事实可不是这样。阳光洒下来的时候，我们可以看得很远。而且盐沼对岸，可能还会有人藏在芦苇丛里，用双筒望远镜窥视呢……我们这儿的人都喜欢美丽的事物啊！"

雪白的牙齿间再次闪过微笑。马儿跃起前蹄，弓下背，载着骑手奔驰而去，激起阵阵尘土。一切快得就好像他从没来过一样。

但实际上他来过，并且留在了她的心里！她晚上睡觉前去海里游泳，就再没敢马上把衣服脱掉。她一直觉得盐沼的另一边的芦苇丛中，那个小伙子的双眸正注视着自己，目光很是恣情纵欲。

夜色明朗。月光横穿大海，伸向远方。这个夜晚仿佛是会出现美人鱼的，而整个世界都将被它的魅力覆盖。清澈而安静的月光笼盖着大海和草原。一切这么美好而华丽，以致女孩甚至在感觉到来

---

① 珍珠毛帽子：以前乌克兰比较有地位的哥萨克人日常戴的帽子。

② 什普卡：烟的品牌，保加利亚制造，不太贵。

③ 拜拉其岛：作者虚拟的岛屿名称。

自芦苇丛的目光的注视下，也依然解开了衣服。慢慢地、隆重地，好像新婚之夜一样。她把什么都脱掉了，只留下月光包裹着她……

亲爱的，你可以欣赏！夜色中这纯粹而圣洁的身体，都是你的……

她感觉现在他正在靠近她，就像他们在路上偶遇时一样，就像他带着什普卡弯腰贴近她时，她立刻就感受到马匹身上沸腾的热血那样，她还闻到汗渍、灰尘、道路与风……夹杂在一起的气味。

几天之后，决定分配干草的人来了。

一般这里不常见汽车，因为很少有汽车能穿越沙丘、穿越泥泞的盐沼，但这次一路居然驶来了两辆小卡车和一辆伏尔加牌小轿车。很多人对干草挺感兴趣，临近和远处的草原农场的领导组织了代表团，一块儿来了。他们一来就跑去游泳，然后吃过午饭接着游泳。他们对干草和牲畜的分配一直存有争议。他们说现在牲畜多得农场都放不下了，可能用不了多久牲畜都得在开阔的露天环境度寒冬了。

奥尔加并不介意这些极具现实意味的争吵，也没因为话题始终围绕着这些日常事务而烦躁。她不难理解：干草、牛、越冬、喂养……这些话题在这里才是至关重要的，因为这关系到这些人的生计。他们所有的欢乐和悲伤都与这些事有关。他们家庭的幸福还有一家之主的地位，有时甚至是生而为人的荣誉，都取决于这些事。

"但这可能只是狭隘的想法，或者他们被这种实用性束缚了？难道我过一段时间也会这样，连天鹅都懒得抬头看？它们飞过去的时候，我踩着干草，盯着我的脚……"虽然这样想，但她心里还是想为这些人和他们的生活辩护。因为确实是他们而不是她，在为这里每个人提供食物，是他们在养活这里所有人。

决定分配干草的人虽然有一个响亮而愉快的姓氏——当秋拉^①，但实际上他总是发愁。他走路时假腿吱吱作响，跟在场的人握手时，他的眼神也总是闪躲着转到别的方向。他已经白发苍苍，脸色也是灰白的。只有午餐时，他才把注意力转向了奥尔加，他问她跟首都有关的事，比如问她平时是怎么锻炼的，以及首都人民的工作是如何分配的。当知道她是怎么到这里来的时候，他带着富有宽容意味和优越感的微笑说：

"生活，它会教会你的……学会享受罂粟籽的小饼吧。^②"

"那也得是美味的罂粟籽小饼。"米哈伊尔·伊万诺维奇的妻子接着说。对她来说，奥尔加只不过是权力斗争的牺牲品罢了。"母亲病了，母亲一个人在家，而女儿却被分配到这种地方工作……如果她在有关部门有个叔叔，就不会被分配到这里来！"

"没什么，"某位客人说，"这里也是我们的土地，也有我们的人民。"

"我们在这里风吹日晒，已经习以为常。而她怎么在这里过冬呢？"女主人还是坚持自己的立场，"冬天的时候，都听得见狼嚎。还有暴雨、大风雪，海浪都漫延到房子边儿上了……我丈夫晚上在

---

① 当秋拉：姓氏，意思是"擅长舞蹈的人"。

② 乌克兰俗语，意思是生活会遇到各种困难。

船上钓鱼，而我出于各种各样的原因，也没法整晚都待在家里安睡，我时刻担心他丢了性命。早上他回来了，一身冰霜，连衣服都被冻得硬邦邦的，一碰就轧轧直响。脸冻得发青。一句话都不能说……这就是我们的生活。"

"那么，她在这里，至少还可以磨砺性格吧，"当秋拉对奥尔加说，"我相信你来这里就是为了这个，为了磨砺自己，对吧？"

"我很清楚自己为什么到这里来，不用你操心，"奥尔加皱起眉头，"而勇气、钢铁般的意志，对每个人来说，都是必要的，这一点我同意，这样的性格也一直很吸引我……"

现在奥尔加不管谈论什么、跟谁谈论，其实内心都总是在默默考虑自己的心事：为什么他不在呢？看起来他也应该过来的。

自那次偶遇后，她再没见过他，他只出现在她的梦中。虽然她只是在月光下想象了一番海滩上的拥抱和热情的爱抚，但这一切都仿佛是真的发生过似的。反正对她来说，他确实已经变得越来越亲密了。

当秋拉似乎也猜到了奥尔加的心思：

"职业猎人在哪里？为什么我在这里没有看到我的朋友？派我的轮子把他带过来。"

他们真的派了车。

午饭后，他们又去游泳。当秋拉在离他们远远的地方游泳。海岸湿润的沙滩上清晰地留下了当秋拉那重型假肢印下的深深的痕迹。

之后他们一块儿沿着沙滩散步。风景很美，空间很辽阔，感觉很自在，于是争论终于消停了。人们的眼神开始变得温和，变得兴致勃勃。

当秋拉，顶着一头白发，断然地跛行在最前面。他的假肢发出的吱吱声和海鸥的叫声，几乎是这世界仅有的声响。当秋拉喜欢当领导者，他愉快地行进，带领人们向前。他很自信地将假肢伸进沙子里，让它留下足够深的印迹。

海浪拍打着沙滩，一浪高过一浪，冲刷、洗净了这块平躺在蔚蓝色的大海怀抱里的沙滩。远处有一座海上灯塔。如果不是因为天太黑，他们现在就可以看到那座白色的塔了。平常时候，比如那些晴朗的早晨，人们总可以看见它在那儿闪闪发光，直到天色逐渐变亮。但现在，灯塔看起来很模糊，不过每个人似乎都期待着天际线上会出现一座发光的灯塔。这些久居内陆的人，对灯塔还是很好奇的。

到处都是野生的鸟类。它们在空中翱翔，或成群地栖息在水中。在杂草丛中，还有一种无助的黄色小鸟，四处留下一堆堆乱七八糟的蛋壳，这都是已经跳出蛋壳的鸟儿"脱落的衣服"。天鹅远在海那边，比早晨时候它们出现的位置又远了不少。

他们用一名年轻管理员带来的双筒望远镜观察天鹅。

他们走向沙滩深处，有两个人追了上来。一个是奥尔加的领导，禁猎保护区办公室的博士，另一个是那个皮肤黝黑的、有刘海的英俊男子，或者说"雇佣猎人"……他穿着破旧的猎人马裤，迈着大步，似乎没看奥尔加。他一直望着前方，手里拿着——奥尔加简直不敢相信自己的眼睛—— 一支狩猎步枪。

这是什么？谁允许他拿这个？为了回应她评判的目光，奥尔加的领导带着苦笑解释道：

"在沙滩上，除了有用的生物之外，众所周知，还有猛禽……"

猎人匆匆走向地位最高的人。

"维克托·帕夫洛维奇，"他招呼当秋拉，"连发两枪试试，就像那时在拜拉其岛那样！两枪连发！您的枪法无人能比！"

雇佣猎人的声音变得很甜，可以听出殷勤又谄媚的味道。奥尔加简直替他害臊和羞愧。

枪已经交给了当秋拉。他接过它，用猎人的眼光审视它。他向愤怒得已经脸红脖子粗的奥尔加看了一眼，之前的亲切感早已从他的眼里消失了，他的目光变得冷漠。"这个女孩在这里干什么？"他好像在问在场的所有人，"我们不需要在这儿看她那双挑剔的充满谴责的眼睛。我对她的品行不仅是不感兴趣，而是讨厌。我希望看到的是这双平常我能接受的、忠诚又足智多谋的猎人的眼睛。我对博士同志那副眼镜闪烁出的谄媚的亮光也很满意，甚至农艺师获得好处时的欢乐劲儿我也乐意接受……但，她呢？"

没有人说话，他们都觉得这个女学生在这里是多余的。她自己也感觉到了。所以，当他们绕过被黑色海草覆盖的盐沼继续慢慢地往前走时，她留在了原地，没跟他们一起去。

"难道真的会开枪吗？"奥尔加想，她凶狠地盯着他们的背影，"难道真的会扣下扳机？现在一切都取决于这个问题了吧？他们会不会开枪？"

整片沙滩都充斥着紧张的气氛。沉默得让人有点不安。微渺的光芒就像玻璃一般易碎。

"一切都取决于这一枪，"她没法忘记这个念头，"甚至，可能我的未来、我的理想，以及那么多人正在书写、流传、思考的仿佛恶魔般的恐惧，都与他，与这个偷猎者的枪，有某种联系。问题就在于，他会不会开枪？"

当秋拉带领的这群人几乎完全消失在灌木丛后面的山沟里。而她看上的那个小伙子，一直在当秋拉旁边无限谄媚，甚至忘记回头看她一眼。沙滩变得寂静，只有几堆黑色的大叶藻，叶片上覆盖着一层海盐。

奥尔加慢慢地往回走。不知为什么，她的脑子里一直闪现着当秋拉午餐时抛出的那句"派我的轮子把他带过来"，意思就是派车去接他。而这个荒唐的轮子一直在她的脑子里乱转："派我的轮子把他带过来。"

猎人谄媚的模样又一次出现在她眼前，使她再次为他那甜蜜的、与他健壮的草原帅哥形象完全不相称的声音，感到痛苦和羞耻。

毋庸置疑，在她面前，他露出了毫无尊严、丧失独立性的一面。她梦寐以求的根本不是这个人。他就像是从她身上夺走了某些东西一般，并因此深深地冒犯了她。

突然，就像神经受到击打一样，她打了个寒战。地平线似乎也在颤抖：一声枪响！在沙滩深处的某个地方，发出了一声枪响……

永 不 掉 队

晚上，他们一群人回到普拉斯科芙娅·菲多罗夫纳的家，当秋拉腋下夹着什么白色的东西。

是一只天鹅。

沉重的身体，白色的羽绒，一米多长的翅膀，枯萎的树枝般的双腿，垂吊着。

"菲多罗夫纳^①，你这就可以拿去做晚饭了。"他对女主人说，而且特别强调自己很高兴，但奥尔加只觉得他是在装模作样。

女主人不接受这份礼物。她抬头挺胸，责备道：

"这只鸟是神圣的……我们不吃它。"

当秋拉尝试将天鹅递给另一名守卫者的妻子，就是今天跟丈夫和孩子们一起来这里做客的那位，但她也拒绝了：

"已经告诉过您了——这只鸟是神圣的。我们也不吃它。"

她说完便紧紧搂着自己的孩子。而两个女孩和一个男孩，只是发出嗯嗯的声音。他们从母亲的手臂下偷看当秋拉的假腿。

没有人想要天鹅，大家都用各种借口拒绝了。那位博士甚至说自己是一名素食主义者，虽然他午餐才刚吃了兔肉。农艺师也回绝了这份礼物，他开玩笑说当地的民兵会因此罚他的款，而且不听他任何解释。

只有那个雇佣猎人还在讨好当秋拉，安慰他道：

---

① 乌克兰人称呼年龄大的妇女一般用其父名，以示尊敬。

60

"拿回家吧，当作最珍贵的礼物……"

奥尔加已经开始讨厌猎人了，更讨厌她自己对他有过那种感觉。一个可怕的想法在她的脑子里挥之不去：这个卑躬屈膝、时刻不忘献殷勤的人，居然会成为她倾慕的对象？这太可怕了。

天鹅被丢进车里。枪也仿佛什么废弃物一般，压到了天鹅身上。

晚上，他们准备离开了，当秋拉已经坐上车，但他又冲奥尔加喊了一嗓子：

"你在谴责我吗？我犯了不可饶恕的大罪吗？"

他带着不善的笑意问：

"我让你的计划不能完成了吗？你少套了一个环吗？"

奥尔加默默地咬着嘴唇，眯起眼睛生气。

"也许你会告我的状？"

"我不会。"

"那为什么生闷气？"

"为什么？我想知道，你真的相信自己有权打死别的生物吗？你相信自己有权做禁止的事情吗？为什么你认为你可以随便违法？"

"完了吗？都说出来了？"

"你为什么表现得满不在乎，就好像你是这世界上的最后一个人一样？你不会是最后一个，不是吗？"

他的眼神看上去很冷漠。他的脸就像灰烬似的。

他问她：

"或许我们都是最后一个呢。你这么聪明，难道你希望重复这样的循环，这样生活两辈子吗？"

"真是一个厚颜无耻的人！你的推理是恬不知耻的！你的偷猎哲学对我来说很恶心！"

"等一等……你可怜这只鹱吗？"他故意把天鹅叫成"鹱"，可能觉得这样会惹得她更生气吧，"那你拿着吧！"说着，他从黑漆漆的车里把那沉重的、像雪堆一样的东西，提了起来。他抓着它的长颈，把它拎起来。

"反正你们在这里养了很多兔子，就像在澳大利亚一样，它们到处挖洞。拿着，拿着，不要生气。它的肉很香的。"

女孩宽阔的颧骨高耸的脸上，全是愤怒。

"这只鸟……对我来说是神圣的！你的圣物在哪里？难道你自己的生活里就没有别的生灵吗？"

"你对我们的生活了解多少？"当秋拉叹了口气，"你知道生活怎么压碎我们的肋骨吗？你知道我们怎么卖苦力吗？还有谁会工作得跟我一样疲惫？其他人去剧院，或者去钓鱼，而我得一直干活儿，从早到晚……发烧、伤口痛，我还没到五十岁，心脏病就发作了！"他愤怒地关上车门。

奥尔加沿着沙滩徘徊，直至深夜。天空中繁星点点，天色变得模糊，地平线消失了。真的像在地球的边缘。而在地平线之后，是一片未知和黑暗。

她仿佛是站在人类灵魂的边缘——这人类的灵魂，从前她以为自己是知道的，是探索过的。但又怎样？人们会怎么做，会追求什么，灵魂中深藏着怎样的善与怎样的恶，她并不知道。为什么在善恶的边界处，一个人可以如此轻松无痛就穿越过去呢？

"太抽象！"她好像听到了否认的声音，"小题大做！"

这是今天没看见他拿枪的那些人在说她，他们没看见他自信而坚决地把假腿钻进沙子里，好像要把自己的每一步都烙印在大地上。

两星期之后，那一群人又来了。当秋拉表现得异常良善，甚至显得过度健谈，他向守卫者的妻子，并且好像除了她们以外，还向其他人喋喋不休：

"那次带着战利品回家，妻子差点儿把我赶出家门。刚刚看到我的'鹳'，她就惊声尖叫起来！女人都一样，好像你们商量好了似的。'为什么把它带进公寓？这是一只神圣的鸟！'就连邻居也拒绝接受它。我好不容易把它送给我的一个助手。他愚昧无知，居然把它当作公鹅……"

每个人都难为情地听着，但是当秋拉并没注意到气氛很尴尬，而且他再次回到了"鹳"的话题，说打死它几乎是偶然的，而他，这位不幸的猎人，现在只感到忏悔和谴责。他已发誓不再打猎。

那些表情严肃、被晒伤的人都垂着头，静静地听着他说，但从他们茕茕孑立的身影，很难猜出，他们是否相信他。

一九六六年

在遥远的松树下

我已经连着好几次收到匿名信件了。发件人显然不期待我回复：其中没有一封是写了发件人地址的。我只能根据信封上的邮戳猜测，这些信是从舍甫琴科地区的某地寄来的。

信是一个女人写的。信中讲述的是她的日常生活，讲述她今天做了什么，她今天想了什么，有什么事情让她震惊了。有时候是关于她正在读的一本书的；有时候是关于她在收音机里听到的东西的，比如她因为听歌而联想到的什么东西；有时她会分享自己的心情，诉说她对某人的埋怨或指责；或者详细讲述她如何在森林中收集柴火和松果——因为它们都很潮湿，所以在炉中也只是发出嘶嘶的声音，却烧不起来。

在另一封信中，有一部关于她的一位酒鬼兄弟的"叙事诗集"——我已经能很好地想象这个酒鬼兄弟了。他最近一段时间去探访了这位写信人。他几乎醉得是用四肢爬去的；晚上他肆意地发酒疯，对她怒吼还有狂骂；他让她再给他三卢布，因为他得再喝点酒以解宿醉。她拒绝了他，他便咒骂："你是吝啬鬼，你是疯子，你在那个地窖里的时候就疯掉了！""但我哪里是疯了，我实在无法忍受看到他在某个茶馆里醉得像某种野蛮动物……"写到这里，写信人已不再考虑遣词造句，也已经完全不在乎文风了。我能感觉到她怎么在强烈的愤怒中发了狂，以至完全不节制地表达出她的愤怒和诅咒。她迫切需要在纸上向某人展现她的日常生活和困境。

正如你从她的信件中可以看到的那样，她是一名专业的刺绣师，显然绣工很好，因为她的手艺总能得到大家的认可。她也总是受到邀请。现在，她就被邀请去糖厂了。但她还没有决定，也许，她会去，尽管她可能不会在那里待很长时间，因为她性情乖张（她从不隐藏自己的不足）。我能感觉到刺绣带给了她真正的快乐，她很高兴有人喜欢她的作品。这些信件中也写满了关于丝线和花纹的构想。但她也不会拒绝其他的工作。看起来，她属于那种靠一双手操控一切的女人，无论是针线还是铲子，尽在掌握。她拥有足够多的技能，能娴熟应付一切。比如前不久，她还去帮一个老太太挖土豆呢，在那之前，她还跟兄弟的妻子去挖甜菜……

信封上的邮戳会不时变化——显而易见她常去别的地方，或许只是去看一看，或许是去探访某人，也或许，是去某位亲属那里打工。但可能由于她倔强的性情，所以过一段时间之后，她又会回到家里，似乎只有在家里她才能轻松地呼吸：

"我终于回来了，在森林边缘我这间小屋里，在这里我的感觉最好，在这里我可以听到松树在夜间沙沙作响。"

有时她很长一段时间都没写信来，似乎她已经完全从世界上消失，迷失于人海。随后，你看，她又会突然出现在别的地方，而她那暗淡的人生际遇，又在新的景况下再次浮现出轨迹。

春天时，她曾在树林苗圃工作，因为她喜欢枞树，那儿还有蓝色的雪花莲。那是世界上最蓝的雪花莲！她会在信封里装一些粘在纸上的雪花莲花瓣。

而另一次，她把她的酒鬼兄弟送去做治疗了。他不喝酒时，是一个很好的男人。他拥有善良的灵魂，还有可爱的孩子。他还是一位出色的机械师，工作单位对他怎么也喜欢不够。然而麻烦的只是：一条绿色的蛇①正在摧毁他！所以，她和她兄弟的妻子一起，陪着他，把他送到治疗的地方去了。她们也不知道以后会怎样，但至少现在可以不必因担心他吵闹而屏住呼吸了。现在对她来说，晚上能听闻松树发出沙沙的宛若大海的喧闹声，就足够了。

有时，她还会寄来一些诗歌。不过，不是为了出版，她对自己的诗歌也没有太高评价。她自己也知道，她的诗歌技巧并不是很纯熟。它只是自然地流露在信里：某种痛苦的迷雾般的回忆，悲伤，或某种让人忧郁与忧愁的东西……像苦涩而又悲伤的民间传统歌曲，夹杂着迷惘的炙热的爱情韵律……还有部分诗歌是关于一位她失散多年的伙伴的，那是她十六岁时的某位女性朋友。这位女性朋

---

① 绿色的蛇：指白酒，乌克兰人习惯用"绿色的蛇"来形容白酒对人身体的危害，一般也代指邪恶、伤害以及其他一些不好的事物或者现象。

友的情节偶尔会重复出现。我能感觉到这位女性朋友对她来说非常珍贵。

这些信是用铅笔写的，字迹匆忙，潦草、歪歪扭扭的，然而，她没撒谎，信中的一切都满布真实的痛苦。她经历的所有痛楚与疾苦，都会让你开始思考：人类的悲伤是如此无穷无尽，各式各样，且总是以不同的形象、"穿"着新奇古怪的衣服，出现在你眼前。

信中提到一些噩梦：夜晚的射击，糖厂旁边黑色的杨树，村庄在燃烧。

每当信里谈及这些东西时，你就会注意到她的视觉开始混沌，思路无法继续发展了。她已完全被遏制在某种黑暗而混乱的想象里……她描述的形象猛然分裂，然后逐渐淡去。那些词语仿佛在喊叫和咒骂，直至在没被说出的痛苦中消失殆尽……

过一段时间，信件上又开始出现蓝色的雪花莲、羊齿草的叶子，以及一些描述大自然的奇异而快乐的词语，比如赞美春季和煦的阳光，赞美天空中安静和纯朴的光线。还有她在公交车站偶遇的一个善良的人；或者她为正义挺身而出，替某人打抱不平，之后她也因此获得一些应有的赞赏。不过，在信件的某个地方，她突然会提及一些完全没有逻辑的东西，比如靴子、泥、雪，被机枪击中后躺在地窖的血泊中的母亲等。然后在信中偶尔会闪过一个年轻中尉的形象。他是这个奇怪的写信人在过去某个早晨从地下掩蔽所里爬出来的时候，看到的第一个人。肮脏的雪与血液混合在一起。太阳从糖厂的方向升起。这个年轻中尉脱下自己的靴子，递给了被某人脱掉鞋子的她……这个蓝眼睛的男孩以及他送给她的靴子，所有这些对她来说都是解放的象征。

之后，一封信又一封信，偶尔会出现新的细节，然而，你仍然需要通过想象把它跟前面的信中的情节联结起来。之后的信，起初总是全篇讲述秋天深红色的景象，然后再次出现只是像蛇一样发出嘶嘶声但不能燃烧的柴火。红腹灰雀飞来，在灌木中啄咬着什么东西。天黑的时候，森林里会充满喧嚣。月亮会在松树上方白色的云层中移动。光秃秃的树枝会在窗外整夜摇晃，仿佛是陌生人的一只手。突然间，那个年轻中尉再次出现：他穿着破烂的毛毡靴，躺在邻近村庄的雪地上。第二天，他在最激烈的战斗中被机枪打死了……

她在那里——茹拉瓦村①——找到了他，并在他身旁站了一会儿。

随后已故的无名中尉的内容被其他事件取代。她的兄弟已经从他接受治疗的地方回来了，目前已不再酗酒，这对家人来说算是一个节日。他又回到了拖拉机上，将已经收割的蔬菜码成堆，从早上一直忙到晚上。如果他不毒害自己，那么他会是一个勤劳的、有能力的工人，可以说，他连鬼都能码成一堆。而她这阵子一直忙于刺绣，现在有足够多的订单、足够多的工作，可以一直做到春天。白雪皑皑，一切都是白色的，森林里到处可以看见冬天的神奇景象。她可以连续看好几个小时，而她是那么喜欢洁白的东西，比如最纯

———————————

① 茹拉瓦村：乌克兰的一个村落，位于该国西南部文尼察州。

净的雪，没被人踩踏过的。在白雪的映照下，房间也变得明亮了。太阳照亮窗户，所以无论刺绣多长时间，眼睛都不会痛。有时在工作时她甚至会给自己唱最喜欢的歌（但信中她没写是什么歌）。反正无限的多愁善感是一定会有的。从某个地方飞来一只令人欣喜的小山雀，停在窗台上，用嘴轻轻地啄着窗户——对一个独自生活的女人来说，这也是一个重要事件。但在这样的和谐、平静中，突然会如同一声呐喊一样再次出现另一种场景：

"我们坐在地窖里，恐慌地蜷缩着身子，我们三个人——母亲、我和我的一个女朋友……我们真的完了吗？为什么？"

周围是黑夜、火灾、战争，村庄在噪音和血色中沸腾。这是科尔孙－舍甫琴柯夫斯基①在包围战中的最后几夜战斗。

糖厂办事处的镶木地板上洒满荷兰琴酒，德国党卫军舒尔茨与一大群党卫军分子正在举行宴会，这是死亡前的盛宴、绝望的狂欢。醉酒的舒尔茨一会儿把瓶子扔向天花板，一会儿又拿起一把枪喊道：

"我把枪口对准自己的头颅！我们收到命令——要结束自己！嗨礼②！给我鲜血和女人！"

　　　　炮轰声滚滚而来，
　　　　一根铁箍紧紧地勒住了他的咽喉。

---

① 科尔孙－舍甫琴柯夫斯基：乌克兰城市，位于该国中部罗西河畔。
② 嗨礼：德语 Heil 的音译，意为"万岁"。

所以他不能飞向天空，

他别无选择。

此时，她那苦涩史诗的线条，已经渐渐被我接续起来。

舒尔茨在糖厂里，已经醉到酒狂病的程度了。他处于狂怒状态，用靴子狠狠地踹向那些熟睡的人：

"伐浮鲁赫特，撒克拉门拓①！你们这里全都是游击队员！马上给我找一些姑娘来，找一些你们乌克兰的乳房丰满的女人来！"

接着她的思维进一步混淆，线索断裂。只有再过一段时间之后，在她熬过精神的痛苦、熬过咒骂、熬过悲伤的窒息之后，信中才会出现被苜蓿垛掩盖的地窖（她父亲是一名农学家，很喜欢这片田地，而她母亲在危急关头，突然想起那些苜蓿垛，想到可以躲藏在它的下面）。

她们三个人坐在那个地窖里，等待死亡的来临。不，不能死！要活着！她们听着我们的部队进攻的炮声，低声祈祷：

"快，亲爱的！你坐着坦克，你有钢铁的保护，离我们越来越近，你会拯救我们的！"

与此同时，那些留守的、享用死亡前的盛宴的、注定要失败的人，从黑暗中来到地窖：

---

① "伐浮鲁赫特"是德语 verflucht 的音译，意为"该死的"；"撒克拉门拓"是意大利语 sacramento 的音译，意为"秘密"。

"考懵①！考懵这里，你们这些女游击队员，从洞里爬出来！"

"也许我们真的是游击队员？"

玛鲁夏②第一个冲向法西斯分子，用双手紧紧抓住并扭扯他们的自动枪。但随后她身上便划过一条自动枪，还有另外一条枪出现在母亲的胸前……最后他们把榴弹扔到地窖里，她眼前闪出一道明亮的光线，然后是再度的黑暗，她仅仅只是来得及想"已经结束了"而已。

"玛鲁夏只有十六岁，母亲那时也很年轻，甚至不到四十岁……而我却奇迹般地活了下来。清晨，他们把我拖出地窖，说'莱斯雅！你的头发变得像牛奶一样白，真的是你吗？'那时，太阳刚刚从糖厂的方向升起，我记得很清楚。田野里一群穿着灰色大衣的人朝这边靠近。就在那时，那个不知名的男孩在雪地里脱下自己的靴子，送给我……这些都是真的，像文件一样被记录着。舒尔茨在大坝后面被杀，我亲眼看到他倒在废渣中。"

这是我收到的那位神秘写信人的最后一封信。从那以后，她再没有写信来。好像这个人只是为了说出自己，说出之后她就沉默了。

又一种人类的命运，又一种畸形的生活。

我有时会不由自主地思考：也许，在那个狂欢的暴力之夜，在舍甫琴科地区的某地，一位年轻的杰出女诗人真的消失了？仅仅在解放前几个小时，她被悲伤击溃了？毕竟，信件呈现出的，是她灵魂

---

① "考懵"是德语 komm 的音译，意为"来，过来"。

② 玛鲁夏是玛丽娅的简称。

的光辉，是她形象的碎片。哪怕只是她所提到的夜晚在窗后徘徊的那根光秃秃的树枝，这所有的一切无不在彰显她的天赋与才华。在打击之后，留下的是她受伤的灵魂，是她无法控制的精神。这充满痛苦、一直使她饱受折磨和困扰的噩梦般焦黑的灵魂，只能以不明确的哀号的方式，偶尔地，向外界展示自己。

所以我觉得这些值得一谈。因为每次，当新年在华丽的圣诞树悄悄绽放，我就会想起那些对我来说并非无动于衷的人。我希望向那个不知名的孤独女人致以慰问。我想象着她在森林边的某处地方，在喧闹的松树下，耐心地绣制着悲惨人生的苦涩花纹。

一九七○年

事后的醒悟

银色的天空压得很低，天空之下是沙丘和巨石。

在亚热带某些地方，地上会生出奇怪的金色果实，而这里的土地会长出石头。人们一生都在对付它们，今年把石头从田里挑拣出来，清理出去，到明年春天石头又长出来了，硬石头看起来就像破土而出的炭火块，据说石头是被霜冻从地里给挤出来的。

这里的海湾一望无际，远处矗立着渔村和一些松树。大自然色彩单调，土地粗犷。然而这片冰川一般贫瘠的土地，居然孕育出了一位备受缪斯眷顾的诗人，让他拥有无限的柔情和灵感……实际上，正是这位诗人，或者更准确地说，是这位诗人的盛誉，将伊万·奥斯卡罗维奇给召唤来的。伊万·奥斯卡罗维奇本来就很忙，他担负着很多工作，日常麻烦事也多，他终究与温柔的缪斯没什么关系。他管理着几乎半个北极地带。对他来说，每一秒都很宝贵。然而他还是抛下一切，跑到这里来了。虽然他对自己这个决定也有些惊讶，还冷嘲热讽地自言自语说：我这趟来这儿是要扮演"婚礼将军"①的角色啊！

---

① 典出契诃夫《跟一个将军结婚》，意思是邀请一位有身份地位的将军前来参加婚礼，以提升主办方的地位，显示其人脉。

　　此行是为纪念从前他带领的探险队中那位可能是最无用的成员的——那真是一个很可笑的人。有时候他只觉得那个人既可悲又可叹！就算霜冻不严重，他的鼻子都会冻伤！伊万·奥斯卡罗维奇现在还记得那个人虚弱瘦小的身影。他有时候耸着肩，一副匆匆去接受挑战的样子，显得滑稽而笨拙。他跟他那身肥大的、过长的衣服简直融为了一体（朋友们还得照顾他，确保他不会被冻伤）。在歪斜的风雪帽下面，他露出一张瘦瘦的冻得发青的脸，神色中有一丝迷茫……如果你要求他给解释解释，比如为什么不请假就缺席，那么他呢，眼镜片在阳光下闪闪烁烁的，吞吞吐吐着——看，他连心里想什么也没法流利地说出来——他说他去看企鹅了……"好吧，那你最好看着你脚下，前不久就出现了裂缝，连拖拉机都会掉下去被吞没的！如果你掉下去，那谁来为你这样的天才负责？"就算这样，他也只是站在那儿，擤着鼻涕，从不为自己的笨拙做任何辩解。

　　现在你到这里来了，缘由确是与他有关的。为了他，你和他那些不同国家的朋友（说实话，你都没想过他会这么受欢迎）都出现在这里。当然你也没被人们遗忘：这些渔民邀请你来，是希望你能作为嘉宾讲讲你跟这位诗人在北极联合考察期间的伟大友谊的。

　　但是，那时候的事情真像现在描绘的这样吗？在北极的冰块上考察的时候，你们真的亲近吗？对他来说，那时候你是一支伟大的探险队的领导者，你的权力几乎是无限的。你管着技术人员、机械装备、破冰船。而他呢？他对你来说到底是一个什么样的人？或许只是你众多下属中的一位吧。他基本上没什么具体任务，也几乎没法适应极地的环境。他只是一个带着记者证的闲散人员，是你身边一件有生命的压舱物——这就是你们那时的关系。你怎么会知道，在他并不体面的外表下，在那些难看的粗布上衣底下，却是诗人温柔而脆弱的灵魂呢？后来正是那诗人的灵魂，激昂地歌颂着探险队，还向你，向你的力量、意志以及耐力致敬。

当地少先队员带着鲜花来迎接你，你先就想到这些。

一个小女孩（像她那位著名的同乡诗人一样）一直用滑稽的咬舌音问你：

"请问，您真的是人物原型吗？您就是《极地诗》里的英雄吗？"

"你是说那只北极熊吗？整个探险队都在说的北极熊？"伊万·奥斯卡罗维奇想开个玩笑。

但那些中学生并不理解他的玩笑，他们反倒开始安慰他：

"在这首诗中，您是正面人物，这一点毋庸置疑！您象征着钢铁般坚强的力量。因为是您带领一队拖拉机穿过了暴风雪，才为那两个人提供了救援的，不是吗？"

照相机一直咔嚓咔嚓地，见证着你的到来。如今你已身处诗人的亲戚们中间了。你发现自己可能不知不觉地就成了这些渔民期盼见到的那种嘉宾的样子。对聚集在这里的所有人来说，你不仅是一位经验丰富的极地探险家，还是北极的英雄。在他们的想象里，你还是诗人亲密的朋友，是在探险时的极端条件下支持过他的人。你还不止一次地鼓励他，以便让他能生活得轻松点儿，而且你还很可能是他在极地那些寒风号啕的夜晚最信赖的人，你也许还是亲耳听他朗诵那些灵光四射的诗作的第一听众。

伊万·奥斯卡罗维奇想向他们解释一下，诗人的创造力是后来才被发现然后使他声名日盛的。当时，他只不过是一个被派到探险队来的怪人。他带着记者证，但他不适应当地环境，也没什么必要待在你身边。有时你甚至都不知道应该让他去哪儿。这种情况在探险队很常见，因为几乎总是会有这种人混进探险队来。他们存在的唯一作用实际上是给其他队员增添困扰。他们就像船上的小海藻，你必得带上他们。

你们第一次见面的时候，你甚至都抑制不住你的惊讶：这个男人这么瘦弱，这么发育不良，怎么可能出现在这个团队呢？

这称得上是一支崭新的团队。这个团队只需要毅力超群又坚强勇敢的成员。然后你慢慢知道，这个人是自己主动要来，坚持要加入探险队的。不知道是怎样强烈的激情驱使着他，让他不顾各种限制，直至最终达成了心愿。就算他带着记者证，就算他暴风雪后也能勉勉强强站起来，就算海啸袭击后，他也带着尴尬的微笑，带着孩童常有的清鼻涕，跟你一起走在极地永恒的冰雪里——你们从冰冻的船只迈向雪的王国。那简直是你童年时就梦想的雪啊，是这个星球上最干净的雪。

他腼腆得可笑，对日常琐事也不知道该怎么处理。总之，缪斯偏爱的这位发咬舌音的诗人，没引起你任何兴趣。这种情况下，哪能说什么你们友谊深厚呢。也许对他来说，你就是宙斯[1]，惯常任性和胡闹。对你来说，他是什么呢——嗯，现在想这个，又有什么意义呢——他好像不太适合你们的旅行。而他自己呢，好像也察觉到了自己的多余，所以他看起来总是显得尴尬、局促。他也尝试为团队服务，但不知怎么，他做什么都显得不合时宜。其他人会跟他开无伤大雅的玩笑，说："我们的记者在气温零摄氏度以上的时候，也能把自己冻伤。"就是这样，他荒唐又可笑。只是后来的事实证明，他注定要成为那个为探险队鼓与呼的人，注定要做《极地诗》的著名作者。这首叙事诗是他生平最后的杰作。正是为这首诗的创作，他殚精竭虑、付出一切，因此年纪轻轻就去世了，是晚上突发心肌梗死走的。于是根据当地习俗，现在这里只点亮了一支蜡烛。蜡烛就安放在被常青树枝编织的简单花环环绕的石头上，闪烁着苍白的火焰。他被安葬在森林的边缘，在石头和低矮的刺柏丛中，某个荒凉的地方。这些长势不好的矮小刺柏，据说也曾出现在他某部作品里，被他歌颂过。这么看来他真的是这片土地孕育出的诗人吧。在这里，你才感受到当地这些性格沉闷、不轻易为谁歌功颂德的渔民，到底有多么热爱他，多么珍惜他。

现在，伊万·奥斯卡罗维奇只能后悔自己这一生都没跟诗人真正交上朋友了。考察的时候，他是你的下属，但你也从没为他尽你所能，实际上你当时可以为他做许多事。他在极地的命运很大程度

---

[1]　宙斯：古希腊神话中的天空之神。

上取决于你，但你并不那么惦记他，这也是事实。

在渔村这些人的想象中，你跟诗人之间是另一种关系。你们是在极地结交的朋友，上下级关系也不至于影响你们的亲密友谊。他们猜想，你们在困境中敞开心扉。他真诚地赞扬探险队其他人，更热情地歌颂你的耐力、能力、勇气。这些确属你的品质，在他的诗作中得到进一步升华，让你仿佛与传说中的古代航海家都能够相提并论了。

当然，现在如果你公然把自己描述成另外一种样子，与当地人对你的印象完全相反的样子，那是会有些古怪的吧。如果他们把这样一个角色赋予你，那你没办法，只能接受吧，只能扮演下去吧。或许你是不是真的低估了自己呢？或许探险期间使你们团结在一起的那种力量，那些被你们克服的困难，如今应当在你心里显得更加重要才对吧？也许诗人以孩子般的洞察力，以他对你们这些冷酷的极地考察者的热情，比你们更进一步地靠近了真理、接近了事物的本质呢？所以你还是冷静下来吧，抛开心中的疑惑吧，安然接受诗人的这些同胞对你的致敬吧。

他在这些刺柏中长大，他这么早就离开了这个世界，而你这么晚才发现了他。现在你也感觉到他确确实实是不在了。这像是一种严重到不可挽回的损失。事实上，他应该多活几年，眼下的极地探险者们往后很长一段时间都不会再遇上一位像他这样的歌咏者了吧？况且老实说，还会有第二个这样的诗人出世吗？

蜡烛在一堆新鲜的松枝中均匀燃烧，毫无生气。

还有几个月，就该是为他庆祝生辰的日子了，但他没能活到那一天。然而，他的同乡们显然并没有因为英雄本人的缺席而感到过分难过，因为他的灵魂一直都在这里。

人们不慌不忙地，渐渐都聚集在纪念碑前。这座纪念碑今天就会竣工。稳重的垂钓者带着全家人来了，时不时在人群中还闪现出一些笑颜。有人对伊万·奥斯卡罗维奇解释说，他们之所以发笑是因为他们说到一个"岸上的人"曾经对"岛上的人"开的玩笑，很诙谐，这也是诗人给他的同乡留下的诸多笑话之一。

在人群中显得格外醒目的，是一位老渔夫。他敦实的身体立在风里，一张脸看上去无所畏惧，甚至有些怒气冲冲。他齿间夹着烟斗，络腮胡红得像火。他完全可以在电影里出演海盗。

"这也是他的朋友。"有人指着这位老人，对伊万·奥斯卡罗维奇说道。

"跟我一样，也是他的'朋友'，"他对自己苦涩地说，"你已经成为当地人用来衡量别人的标准了。"

他们还指着岛屿，指着从海湾几乎看不到的低洼地带，说：

"那是我们的科曼多尔群岛①。"

据说这也是他的命名。因为在他小时候，这些岛屿对他来说似乎非常遥远，而到岛屿去是所有海湾男孩的梦想，至于那些"岛上的人"，也只是为了买煤油或食盐才偶尔来大陆一趟。

---

① 科曼多尔群岛：又称指挥官群岛，位于白令海西南部，由四个岛屿组成。

伊万·奥斯卡罗维奇还惊讶地听着诗人那些奇特的与众不同的俏皮话和格言，比如，每个国家都是明智的，但以自己的方式明智，这些智慧"穿"着对它来说最合身的衣服……

集会将在村庄边缘举行。来自各地的访问学生在一堆巨大的堆积石上雕刻。他们谁也不理睬，闷头忙于工作。他们要在石头上凿出诗人的面部轮廓，这将是一座纪念碑。伊万·奥斯卡罗维奇觉得学生们做得很好。他们雕刻的诗人跟诗人本人很像，但又不仅仅只是相貌相似，因为他们还呈现出了他性格中的浮躁、奔放，以及他年轻的容颜……他们在这块巨石上雕刻诗人面部轮廓的选择是明智的，好像是大自然早就为这座雕塑备好了素材一样。

伊万·奥斯卡罗维奇在当地人的陪同下观赏这堆巨石。有人替他做介绍，跟艺术家们说：

"大家认识一下吧，这是诗人的朋友，一位著名的极地探险家……"

一时间，男孩儿们都停下手中的工作，看着来客，眼神仿佛在说：是的，我们听说过他。

其中一个年轻人，留着胡子，一边点头一边问他：

"怎么样，像吗？"

他被要求直接给出评价。尽管伊万·奥斯卡罗维奇通常不能容忍下属奸诈阴险，但他自己此时也开始带着一丝狡猾的神色，说：

"嗯，该怎么说呢，对亲近的人，我们往往会带着主观色彩去评价。"

"不，您没有正面回答……我们想知道，我们有没有抓住他的本质、他的内在的特征？"

"看来我们现在需要一位专家了。"伊万·奥斯卡罗维奇说。

与此同时，纪念碑已经被一块白布盖上了。

原来如此。对他们来说，诗人形象中最本质的东西，也许是一种冲动的力量，一种灵感的力量。你有没有见过他那种样子的时候？或许你见过，但从没留意。不过毕竟，如果有其他人发现了这一点，那么，可能，他这些特征就是真实存在的。

客人们被召集在一处，聚拢在讲台周围。讲台是临时布置的，四面环绕着云杉枝。台下人山人海，有的站在沙丘下，有的直接踩在沙丘上。男男女女都兴致勃勃，看着这位有一副属于极地的坚实肩膀的人。但他们的热情都表现得比较拘谨，甚至显得严肃。

他们期待你的发言，伊万·奥斯卡罗维奇想，你会对他们说什么？不，此处不能狡猾应付了，在此处你只能讲述真实的情况。那就实事求是地描述一切吧，实事求是描述你当时的感受就好了……他们到这里来不是为了听些虚构和杜撰的东西的。你要向他们呈现没有丝毫伪饰的北极探险的情况，你应该说实话。虽然实话可能会有些残忍，但在当时的情况下，残忍又是不可避免的。

伊万·奥斯卡罗维奇拿起麦克风。

就从这一刻开始吧。

渔民们安静下来，他们都在认真聆听嘉宾发言。他的声音洪亮有力，在风中回荡。演讲者以一种粗略、简单但有趣的方式，描绘他跟他们的同乡第一次见面的情景。

"诗人坐最后一艘船来到探险队。那时他的帽子上还戴着连衣帽，看起来可怜兮兮的。这一点不能否认。

"在我们迫切需要的各种极地专业人士中，还出现了这位记者，一位很容易被冻伤的记者。他会是一个包袱。还好，可能他擅长讲笑话吧。"

这是你第一眼见他时的想法。那时候你肩上有成千上万件麻烦事，但你还得为他操心，照顾他的食宿，你得在拥挤的冰洞里给他找个睡觉的地方。

为了真实，伊万·奥斯卡罗维奇毫无隐瞒，但在他内心深处也并非毫无嘲弄之意。

你建议诗人搬到其他好心人身边，轮流占用那些正在站岗的极地探险家的床铺。一次他去无线电操作员那儿睡觉，另一次去气象学家那儿，然后再去其他人那儿……总而言之，你有无上权力，让他不停地东奔西跑。应当承认，惹恼这位记者的时候，会有一种优越感在你心中油然而生……

伊万·奥斯卡罗维奇站在这个树丛中的讲台上，毫不掩饰地讲着这些，没有表面功夫，他非常真诚地吐露着心灵深处的想法。

他说，他那时发现，出于健康原因，他不应该让诗人承担紧急任务，但他并没有立刻给诗人什么特权。此外，诗人本身也是一个傲慢的人。他并没要求从紧急任务中解脱出来，而只是以更幽默的玩笑来对付自己遭遇的各种困境。没人叫他做什么的时候，他也一厢情愿地跟其他人待在一起，跟大家一起去那些最艰难的地方。卸货舱，拉箱子，推那些沉重的铁桶。他没遗漏什么工作，也没回避什么工作。他一直在不遗余力地做事。他待在那些工作最辛苦的同志身边，像是急于证明自己的价值……而所有这一切，都是伊万·奥斯卡罗维奇默认的，本质上就跟伊万·奥斯卡罗维奇对诗人下过这样的命令一样。

"你有什么好吹嘘的？"伊万·奥斯卡罗维奇嘶哑地说，"你有机会保护他，但你却没这么做。你是想展露你的无情吗？连这么温柔的生灵，你也没给予他半分怜悯？但是你们也要理解我啊，朋友们，在那里，你如果饶恕了一位朋友，他的负担就会强加在其他人肩上，这就给他身边的人带来了加倍的负担。于是有时候，你其实根本没有宽恕的权力。因为他在那里跟其他人相比，没什么优势，他只是比其他人更频繁地让鼻子给冻伤。你们当然可以说，缪斯喜欢他，但我当时又不知道这些，当时我只知道关于他的可笑的事，那真是数不胜数……"

他开始举例子，告诉他们，诗人如何在高高的冰层上因为缺氧而呕吐，如何为晕船而羞愧万分，他对晕船完全无可奈何……

他继续讲诗人的故事，他觉得听众应该哈哈大笑才对，但事实上，所有人都板着脸，从沙丘上看他的那些目光反而显得更紧张了。伊万·奥斯卡罗维奇感觉到，演讲好像哪里出了错。听众的反应与他期待的完全相反。

虽然你没隐瞒什么，你很诚恳地讲述了一切，但你感觉他们其实更期望从你这里得到一些别的说法。在你讲述诗人闹的那些笑话时，听众应该发笑才对，但他们给你的回应只是沉默。那位留着络腮胡的红发"海盗"甚至皱着眉头，狠狠地咬了下自己的烟斗。嗯，与别人分享回忆，本就是一件冒险的事情。可能你诚恳的讲述破坏了诗人在他们心目中约定俗成的形象，而你也没能从各种细节窥见诗人身上更本质的东西，没有看到诗人在这些人的想象中、在这些人沉默而严肃的爱里的那种模样。

伊万·奥斯卡罗维奇漫不经心地完成了演讲，得到了一些只是出于礼貌的掌声。放下麦克风，他清楚地意识到，这是一次失败的演讲。

他努力尝试让内心平静下来，但没成功。哦，真糟糕！他甚至无法解释自己失败的原因。为什么会失败呢？

也许你太强调自己了吧，太强调极地赋予你的无限权力了吧？毕竟，《极地诗》超越了你所有有关探险的报告，你哪里还谈得上什么拥有无所不能的权力？《极地诗》不会过时，诗的地位也不会被新的报告取代，相反，对后代来说，诗歌才是最稳定而持久的报告……生活就这样突然给出让你出乎意外的标准，代替了你心中恪守已久的那套。

你对这位诗人的轻蔑讽刺完全不合时宜吧？对在场的人来说，你甚至还会令他们反感。这很奇怪。那些最棘手的公务你都曾顺利完成了，而你居然在这里无法及时找到自己的方向，犯下这样一个严重的错误。

伊万·奥斯卡罗维奇甚至开始后悔来这里了，但另一方面，当他受到这些渔村和岛屿上的居民的邀请时，又怎么能拒绝呢？

明明你讲的故事，都是发生过的，是真的，你又没有添枝加叶，但如果你的故事与某些人的想法或幻想背道而驰了，那这也算是你的错误吗？

人类永恒的弱点啊，为自己创造出一个理想人物，甚至是创造出一个崇拜对象。

之后，你在一家咖啡馆吃了一顿有自制大麦啤酒的葬后宴。你用木碗舀着这种充满异国情调的酒饮。你知道一定要用粗糙的木碗，这是一种古老的传统，源于中世纪或者更早。

这里还有业余艺术团体的演出，演唱的内容主要是诗人给这片地区创作的幽默歌曲。看来诗人原本是一个开朗、顽皮的人啊。原来他为这个地方做过这么多事啊！你发现，他那种看起来并不是很有价值的生活，其实对这里其他人来说，竟是不可或缺的。

奇怪的是，伊万·奥斯卡罗维奇突然感觉，自己开始和那些孩子一样，被这位诗人深深吸引住了，就像被磁场引力牢牢牵引、俘获似的，无法自拔。

你内心的声音在说，你应该遗憾，也许你错失了一位难得的朋友，这个损失再也无法弥补。

是的，就算他根本没适应极地那种极端严酷的生活，然而他身上一些东西从那时起，就已经引人注目了！你回想起来，你在极地的那些伙伴曾戏言似的，明确而柔情地称呼他为"像雪一样纯洁的人"。

伊万·奥斯卡罗维奇以前没想过这些，但现在他感觉到了，失落和悔恨的感觉也加剧了，这是迟来的后悔，事后的醒悟。

伊万·奥斯卡罗维奇对面，坐着三位谨慎又沉默寡言的黑衣女人，仿佛古希腊德尔菲太阳神殿掌管命运的女祭司。那位有红色络腮胡的"巨人"渔民，坐在桌角的位置，挤在一群当地人中间，没完没了地喝着啤酒，好像在表明，这样喝才是葬后宴！他喝完第一杯，又拿起第二杯，杯子上面泡沫翻腾……而他的手呢，硕大，简直就是歌利亚①的手！真该和这样的人一起去探险！过赤道的时候，他会扮演海王星的角色，指引航线……

"海王星"时不时朝这个方向看。他想说什么？他眼睛很小，但目光直视你的时候非常锐利而顽固。

突然，"海王星"大声呼叫伊万·奥斯卡罗维奇：

"原来你在你的那些冰块上没照顾他啊……你这种无情的人可不常见！"

伊万·奥斯卡罗维奇很尴尬：

"那片大陆就是这样的。我没时间去温柔……"

"这一点我倒是很清楚。但是你说他令人沮丧？是令人困惑的意思吗？我是在岛上夜战的时候认识他的，那时我可没发现他有任何令人困惑的地方……"

对于伊万·奥斯卡罗维奇来说，这简直就是新闻：

----

① 歌利亚：非利士人勇士，以与年轻的大卫的战斗而著称，其故事记载于《圣经》。

"我第一次听说他是一名前线士兵。"

"就是这样。他那时已经在支持我们了，我们那时已经很爱戴他了，爱他的真诚和平易近人，连你认为可笑的咬舌音，我们也爱。"

"我撞到了您的枪口上，"伊万·奥斯卡罗维奇脸红了，"但是您说得千真万确。请您继续批判吧……"

"不，我只是随便说说，""巨人"笑了笑，"为您的健康干杯！"

伊万·奥斯卡罗维奇坐立不安。他似乎终于找到了自己失败的原因，就是所有那些所谓的"笑话"，其目的只是为了炫耀他自己有多伟大。

问题是，即使在今天，你怎么仍然认为诗人是你的下属，你可以随便对待他，甚至可以把他描绘成无能的人，把他放在荒谬而无助的处境里？怎么你没有注意到，他凭借着他的《极地诗》早就脱离了之于你的从属地位。如果他现在真的置身某种法则之下的话，那也应该是某种永恒的法则，是你根本无法控制的法则。

对聚集在这里的所有人来说，他是一种骄傲。他很纯洁，人们已经永远离不开他那些优美的诗歌。但你也不是真的想刻意羞辱他的形象啊，怎么以至于有人在你的言谈中听出了无情——那么，你是真的无情吗？

伊万·奥斯卡罗维奇感觉很难受。他选择在没人注意的时刻离开餐桌，走出咖啡馆。

他来到海边，做着深呼吸，沿着海岸走。天已变暗。海岸边到处堆积着冰川时代的遗迹——那些巨大的形状古怪的岩石。

海湾，低空，巨石，这就是诗人的世界，这就是他所歌唱的世界。

在学生们刚刚凿出诗人面部轮廓像的那堆沉重的巨石附近，现在只留下了云杉的花环，其余一切都已经被清扫过了。附近几乎没有人，只能看到少数几个戴着风帽的女孩，好像就是早上来迎接伊万·奥斯卡罗维奇时把他认作是一个"原型人物"的那些女孩……现在，女孩们好像都没有发现他。她们朝向大海，沉默不语。傍晚时分，小岛在朦胧天色中逐渐消隐，其形状仿佛失去亲人的小小的女神。

极地探险家决定再仔细研究一下学生的雕塑作品。他觉得还是有一些东西在吸引着他。整块巨石已经呈现出诗人的面部轮廓。虽然只是粗略的线条，但还是有一些东西让他很难对此无动于衷。

那瘦高的有刘海的诗人，微笑着，把目光锁定在身旁某处。诗人的脸上没有一丝邪恶，没有你今天做不得体的演讲时的那种尴尬和无助……相反，诗人展现出来的，是自信，还有某种鼓舞人心的孩子般讨喜的欢乐。诗人好像在说：我知道，我可笑又尴尬，但又怎么样呢？我，我的灵魂和你们一直在一起啊！我为你们而活！同时，诗人也好像在看着大海，看着傍晚的地平线上几乎隐匿不见的他的"科曼多尔群岛"。

湿润的雪花飞舞起来，但伊万·奥斯卡罗维奇甚至都没有留意到。他站在巨石前，沉闷的失落感始终萦绕着他。他似乎越来越确定，他看见了一位活生生的诗人，无所畏惧、热情奔放的诗人。

一九七四年

斗牛

世界上有爱唱歌的朗格多克^①，

法国香槟州就像玫瑰一样盛开……

——马克西姆·达杰伊奥维奇·勒利斯克^②

一听到"斗牛"这个词，您眼前可能就会出现一些热闹而疯狂的场面，极具西班牙特色，而且您还可能会联想起炙热的太阳和异国的情调；不过我们这个三人的小代表团已经停留了好几天的、法国南部这个古老而充满诗意的城市，同样也可以向您呈现这种罕见的奇观。

我们来这儿参加友好城市的活动，当地人非常热情地接待了我们，市政府当局对我们也多有照顾，所以我们一直身处友好和热情

---

① 朗格多克：朗格多克—鲁西永是法国南部一个大区，别称为"法国南部"。
② 马克西姆·达杰伊奥维奇·勒利斯克：乌克兰诗人、翻译家、记者、社会活动家、语言学家、文学评论家。

的氛围中。我们每个人，甚至是汉娜①·亚当米夫娜，都获得了"朗格多克骑士十字勋章"，并且当地接待人员还带我们参观了中世纪的建筑、现代飞机制造厂和住宅区——我们已经完成了日程表上安排的所有内容，明天晚上我们得去巴黎。但不知为何，接待我们的人依然很神秘地冲我们微笑。原来，还有一项令人惊喜的活动正在等待着我们呢。作为热情好客的最高表示，我们的接待方到最后才宣布：

"还有一场斗牛比赛！"

接待我们的人员来自市政厅，是一些彬彬有礼的人，显然他们不仅仅希望看到我们欣然同意，这对他们来说还不够，他们需要我们快乐而热情的回应。而当时第一个开口答话的，是我们亲爱的米哈伊罗·米哈伊洛维奇，他是我们代表团的团长。他不着急回答，而他的感情似乎也没有流露出来，只有一个模糊的微笑神秘地徘徊在他唇间。代表团团长（他是一位很重视民主的人）先把目光转向汉娜·亚当米夫娜：

"女士优先……"

而汉娜·亚当米夫娜认为有必要先弄清楚：

"斗牛是什么？是一场表演吗？"

"也可以这么说，夫人。"

"我以为这样的娱乐节目只会在西班牙出现……"

---

① 汉娜：同"安娜"。

"想象一下吧，夫人，我们也并非没有狂野的一面……"

"如果问我的话，我想去看！"

"夫人，我可以肯定，您一定会喜欢的！"

主人显然完全没想到他们的客人可能错过看斗牛的好机会。看来他们对我们的米哈伊罗·米哈伊洛维奇真是知之甚少。他很健壮，额头高高凸起，总是保持着警惕，即使现在，在这瞬间，他也小心地蹙起他那苏格拉底式的额头，并且仍然保持着微笑，给出了一个并不明确的答案：

"我们需要再考虑考虑。"

翻译冉涅嗒出于礼貌，这时走到另一边去了，她开始与接待员闲聊一些无关紧要的事。她走开也是为了让我们三个人有机会商量商量这件事。当我们三个留在大厅的时候，我们的团长才松了一口气，说：

"那么，我们该怎么办呢？我们还要考虑一下吗？"

汉娜·亚当米夫娜就好像被蚊虫叮了一下似的，说：

"这有什么可考虑的？我们每次都这么犹豫！"

汉娜·亚当米夫娜还像一个已经将生死置之度外的人那样，挥着手，说：

"去看吧！"

"我们这位矜持的夫人已经完全释放自己的天性了，"米哈伊罗·米哈伊洛维奇惊讶地说道，"我们还要在这里待一两天，汉娜·亚当米夫娜会拽着我们跟她一起去酒吧看脱衣舞吗……好吧，那你呢？"他问我："你是不是……也同意？"

"当然同意！"我回答说，"海明威还特地跑到西班牙看斗牛比赛呢。他没错过任何看斗牛的机会，他是斗牛士的朋友。难道咱们就不行吗？"

"我基本上是不反对斗牛的，"我们的头儿变得温和了，"我童年时，我们奥布希夫卡①的人就见识过斗牛，你甚至连做梦都没见过斗牛吧……只是那次是在我家乡，而这次是在这里……"

"不用害怕！"我开玩笑似的安慰米哈伊罗·米哈伊洛维奇，"担心什么呢？公牛只会待在看台外面，有可靠的栏杆呢……"

"我不是因为自己，而是为了她，"头儿用一种狡黠的目光盯着汉娜·亚当米夫娜，"这可是一位女士啊。神经承受得了那种过度的刺激吗？亲爱的汉娜·亚当米夫娜，在你做出决定之前，再仔细想一想吧，那种场面不适合温柔的女性。"

"我的神经禁得住，"我们的女士说，"你应该感谢别人的邀请。他们好意带我们体验那种罕见的场面……"

"所以说你已经决定好了，是吗？"

"我不是那种总是犹豫、总是害怕自己的什么心理阴影的人……"

于是就这么决定了：我们去！

事实上又有什么可犹豫的呢，有什么可担心的呢？在我们看来，头儿的这种谨慎，现在就可以拿来调侃了。当我们允许自己对他开玩笑的时候，我们敬爱的领导也从不抱怨什么。他眯着灰色的眼睛

---

① 奥布希夫卡：村庄的名字。

心满意足地看着我们。欢乐和美食，这本就是我们的米哈伊罗·米哈伊洛维奇最喜欢的东西。只是到现在为止，他仍在担心这些法国人跟我们耍诡计。他的担忧更确切地说，是那些当地的厨师，他认为他们会在午餐或者晚餐时以鹌鹑作为幌子，给我们炸青蛙，然后看我们的笑话……毕竟据说在法国人看来，青蛙是一种美味。并且我们的接待人员还是一个喜欢开玩笑的人，如果他知道我们无法接受这些食物的话，很可能会故意端给我们，然后再嘲笑我们惊慌失措的样子。

青蛙的话题在我们的这个团队里被不止一次地讨论过了。汉娜·亚当米夫娜坦率地承认她很害怕，她无法相信接待方会用这样"阴险"的方式招待客人。

米哈伊罗·米哈伊洛维奇则相信完全有这种可能，因为"我们现在在别人的国家，而他们有自己的习惯，每个人都有自己的头脑"！①

据说，青蛙是他们从多瑙河附近买回来的，用外汇支付。这些美食也许真值得一试？

"哦，我只要这么一想，就会觉得糟透了，"汉娜·亚当米夫娜摇着头，"即使饥荒时候，我们那儿的人也没吃过这种东西！"

"那鹳呢？"米哈伊罗·米哈伊洛维奇带着讽刺的神情眯起眼睛，"鹳都吃些什么东西。"

---

① 出自十八世纪初乌克兰著名哲学家、文学家格里戈里·斯科沃罗达的诗《每个城市都有自己的习俗和权利》。他在自己的文学作品中强调事物各异但有相通之处，并且平等。

"鹳什么都吃。以前我们家就养过一只受伤的鹳，养了一个冬天。只要你坐下来吃饭，它就会马上跟过来，好像在说，也算我一个！我们乐意跟它分享，我们吃什么，就给它吃什么……我们称它'帅哥'……"

因为想起童年时代那只鸟，汉娜·亚当米夫娜的声音明显变得温柔了。那只鸟受了伤，不得不留在人类的住宅里，随后便习惯了跟人打交道。它拥有令人惊讶的智慧，并且还很懂得感恩。它的伤口痊愈后，他们把它放生了。后来它找到了伴侣，又回到波利西亚①地区，停留了两个春季。

"一切都很好，"米哈伊罗·米哈伊洛维奇听完这个故事后说道，"但是如果真的发生这种情况，他们给我们油炸青蛙，那你认为我们应该怎么吃呢？蘸着酱汁，放点芥末或者不要芥末？或许像吃鲫鱼一样，裹着酸奶油酱吃？"

"算了吧，你们，"汉娜·亚当米夫娜抛出这话，她不喜欢这种玩笑，"您作为研究所的所长，而且也是一个有文化的人，您可以想出其他更高明的办法的。"

"我以后再不会这样说了。"米哈伊罗·米哈伊洛维奇承诺道，就这样结束了他最喜欢的话题。我认为他实际上很愿意讨论这个话题——作为当地一项"烹饪阴谋"出现的油炸青蛙。但他转而开始

---

① 波利西亚：又译"波列西耶"，历史上位于北乌克兰和南白俄罗斯之间的一个地区。

谈论斗牛：

"可能会让我们陷入尴尬的……哦，这些朗格多克的男孩！当他们邀请我们观看斗牛时，你有没有发觉他们的眼睛在笑？"

"这只是你的想象，"我说，"他们怎么可能让客人成为被取笑的对象呢？"

"好吧，但愿如此……万一这真的是什么恶作剧呢？如果我们闹出笑话，成为笑柄，然后媒体报道，无数相机对着我们，接着是宣传，再然后，这份耻辱就传遍整个欧洲了！"

这时，翻译冉涅嗒走了过来，她应该是认为我们已经商量好了。

"诸位，你们对斗牛的决定是什么？"

"我们不太想去，"汉娜·亚当米夫娜严肃地答道，"但我们的领导是斗牛表演的忠实粉丝，他的意志对我们来说就是法律……"

"哦？"冉涅嗒向米哈伊罗·米哈伊洛维奇做出一副惊讶的样子，这是她可爱的一面，"您对斗牛并不是无动于衷的，对吗？"

我们的头儿坐在扶手椅上，沉默了一阵后，他带着一丝诙谐的微笑，清楚地说道，斗牛确是他的爱好。

"针去哪里，线就去哪里，"汉娜·亚当米夫娜继续调皮，"米哈伊罗·米哈伊洛维奇，他就是我们的针，我们怎么能把他一个人留在斗牛表演场上呢？因此，冉涅嗒，贵方的提议获得我们的一致通过，麦西①贵方的安排和照顾。"

_____

① 麦西：法语音译，意为"谢谢"。

冉涅嗒开心地拍着手，说道：

"太好了，朋友们！"

她很高兴看到我们所有人在去看斗牛之前心情是愉快的。她一如既往地耐心地向我们保证，我们绝对不会后悔的。直到我们承认，能观看这次斗牛表演，我们真的是很幸运啊，因为这样的奇观一年中几乎只有一次啊！亲眼观看这一宏伟的场面是许多人的梦想呢，尤其是对西班牙人而言，这座城市有成千上万的西班牙人，他们都在当地的制造厂工作。

"此外，那个地方离这儿很近，步行就能到。"冉涅嗒鼓励我们。

"好吧，她说服了我。"米哈伊罗·米哈伊洛维奇说。

一切都非常方便，斗牛场距离我们的酒店仅一步之遥。只要穿过一座炎热的城市小公园，我们就会看到用混凝土建筑的巨大的圆形斗牛场。

翻译甚至都不需要跟着我们了，她可以去做她自己的事情，我们约好之后在公园里那座喷泉处见，我们昨天往里面投掷过硬币以祈求好运。对冉涅嗒来说，这样安排当然更合适。我们不难猜出原因，冉涅嗒虽然依旧怀有一颗少女心，但实际上她已经是一位母亲了。她家里有一个宝宝，所以这位年轻的母亲珍惜每分每秒。鉴于这种情况，汉娜·亚当米夫娜从行程第一天开始，就对我们的翻译照顾有加。只要有个能让翻译自由一小会儿的机会，我们都很通融，以便让她暂时脱身，不必跟我们时刻待在一起。

"奔跑吧，跑到你的小法国人身边，跑到苦恼的孩子身边吧——

没准儿他身下的尿布现在都已经湿了……"

汉娜·亚当米夫娜在没跟头儿商量的情况下，就给冉涅嗒放了假，似乎这就是汉娜·亚当米夫娜的权力。一般来说，米哈伊罗·米哈伊洛维奇对自己的权力被侵犯的事情总是非常敏感，但每当涉及冉涅嗒，他就完全放权给汉娜·亚当米夫娜了。他一点儿也没表示反对，他认可她有权随时给翻译放假，甚至让她自行决定休假的时长。

这样一来，"冉涅嗒，你去忙你的吧，我们会在没有你的情况下应付好一切的"。

打发冉涅嗒离开之后，汉娜·亚当米夫娜也很快离开了我们——跟您理解的一样，她需要在斗牛开始前打扮一番。

"我去打扮一下！我不得不描一下眉，不是吗？"

我和米哈伊罗·米哈伊洛维奇只好待在酒店大堂等她，除我们之外，大堂里只有一位弯腰驼背、鬓角发白的接待员在他的办公桌前值班。他也知道我们要去哪里，他很热情、很振奋地向我们喊：

"斗牛，哦！这太棒了[1]。斗牛表演！很隆重的表演！"

他还拿起一把办公室里常用的那种尺子，面带威胁，一边发出某种难以理解的感叹，一边向前跨出一个箭步。他应该是在模仿斗牛士面对愤怒的公牛时用剑刺牛的情景吧。

---

① 原文为法文。

大堂里舒适凉爽，外面却很炎热，烈阳正炙烤着大地。我觉得不可思议，这种难以忍受的高温，人们怎么可能兴致高昂地去看斗牛啊？

我们各自坐在椅子上，翻着杂志，上面有位美女，一双长腿柔软、纤细。她很像我们的翻译，她会引领下一季的时尚潮流。

"我们并不真的需要它。"米哈伊罗·米哈伊洛维奇一边说，一边将杂志从身边推开，他不时抬头看看汉娜·亚当米夫娜有没有从楼梯走下来。她喜欢楼梯，不喜欢电梯。

打个比方的话，汉娜·亚当米夫娜简直就是我们代表团里的女神。对我们来说，她实际上也算是一名交际顾问，比如每当盛宴时有必要向当地人展示我们团队的一些优势的时候，作为领导者的米哈伊罗·米哈伊洛维奇就把她作为模范。他不从他自己开始介绍我们团队，也不从我开始，每次介绍的时候，汉娜·亚当米夫娜总会排在首位。他先介绍她是一名来自工厂的女工，一名普通工人，所以她的命运也就不言而喻了……她的母亲是士兵的遗孀，子女众多，而她自己在少女时期就从波利西亚地区的沼泽深处来到共和国的首都工作了。

"如果，先生们，你们法国的记者，在基辅工厂的废墟中都能那么专注地用相机咔嚓咔嚓拍照，那你们绝不会无视镜头前这个黑发女孩的。她穿着绗缝夹克和防水油布靴子，手里拿着一把沉重的铁锹，她跟工厂其他女工一起修理窄轨铁路……就是这样！她从打杂开始，如今变成了技师。"

每当米哈伊罗·米哈伊洛维奇在法国人面前对她不吝赞美的时候，汉娜·亚当米夫娜的脸就会害羞得红起来，红得像火似的。她的黑辫子像皇冠一样盘绕在头顶，但她不会反驳，也不会提出异议，因为这所有的赞美对她来说都是名副其实的。

最初艰难的几年过去之后，她的生活逐渐平稳下来，现在整座城市都知道，她是一位著名的织布大师，对她敬重有加。只有在办公室偶尔被人们这样问到的时候，她才会觉得不开心：

"你一直守寡？"

"我一直就是这样生活的。"

她的婚姻很短暂。他是来自邻近热电厂的一位年轻的电工——帅气又开朗的伊娃斯[①]，他参加过战争，落下严重的残疾，又经常生病，未痊愈的伤口总让他疲惫不堪。尽管人人都知道，他年轻的妻子是多么精心地在照顾着他。她在整个波利西亚地区遍寻草药，但她仍没能维持他的生命——他走了，在杜鹃声声中，把他的汉娜，还有两个孩子，留在了这个世界上。

"你还年轻，"很多人劝她，"你会找到另一个……"

"但是我没有找第二个，"她向我们坦诚说，"因为我知道，不会有第二个伊娃斯，这一生只有一次……还好现在孩子们长大了，也会帮助妈妈了……"

所有的杂志都看完了，汉娜·亚当米夫娜还没下来，我们已经

---

① 伊娃斯是伊万的昵称。

有点儿不耐烦了。她要换多少件衣服啊？她当然会在行李箱里的所有衣服里精心挑选，但这就很不容易了，因为她带的衣服多得就像要去做环球旅游一样。所有的衣服，还有套装，日本的和印度的围巾，低跟鞋和高跟鞋……塞满了箱子，也就是说，在不同的场合，恶劣的天气或者晴朗的天气，下雨天或者阳光灿烂的时候，她都会有不同的着装。奇怪的是，所有的这些东西与那些科索夫[①]陶器包装盒、佩特里基夫卡镇[②]的小匣子一起，竟然都装进了她那两个被塞得满满的手提箱。直到旅行结束，我与米哈伊罗·米哈伊洛维奇都很荣幸地，一直负责来回搬运这两只箱子，因为这就是骑士的职责所在嘛，反正我们在朗格多克接受的骑士十字勋章也不是徒有虚名的！

　　但是我不得不承认，汉娜·亚当米夫娜的行李箱对我们来说也并非什么大麻烦，况且她经常也帮帮我们——她是带着熨斗上路的，因此她会帮我们熨烫一些东西，此外她还帮我们清除衣服上刚刚弄上的污渍。总之，如果她和我们在一起，米哈伊罗·米哈伊洛维奇的马甲外套上那个闪亮的纽扣此刻就不会晃来晃去，并在他的肚子上笔直地扯下一根线来了。只要汉娜·亚当米夫娜在，她就会让我们的头儿看起来很体面。她身上总是会带着一根针，她随时可以帮他把衣服上破损的地方缝起来，她绝不会让那纽扣在我们抵达斗牛

----

①　科索夫：乌克兰城市，位于该国西部喀尔巴阡山脉。

②　佩特里基夫卡镇：乌克兰城镇，位于该国东部第聂伯罗彼得罗夫斯克州，盛产带民族花纹的木盒、木匣子、首饰盒等。

表演现场前掉下来的。

"只要跟女人打交道，就会有麻烦。"米哈伊罗·米哈伊洛维奇悄声抱怨，"她这么长时间在干吗？但我们也还是挺幸运的，我的意思是，至少这次给我们安排的这个同伴，不是那种浮夸的。她很简单，还善于交际。有时候情况就可能大不一样，比如说如果给我们安排一个装腔作势的姑娘，还是办公室干部，还带着她的丈夫，还是上级任命的工作人员，"米哈伊罗·米哈伊洛维奇朝着天花板自顾自点点头，"那种情况下，我们就不只是要处理手提箱了，我们还必须处理包着铁皮和铜皮的箱子……但是，她到底需要在那里打扮多长时间啊？依我看，由于汉娜·亚当米夫娜，我们可能会错过这次斗牛比赛。"

"您真的是斗牛的狂热爱好者吗？"

"可不，我在我们的奥布希夫卡已经体验过斗牛了。关于这个，我得告诉你，"米哈伊罗·米哈伊洛维奇让自己在椅子上坐得更舒服些，高兴地说起来，"想象一下，当我这个一把年纪的领导还是个小男孩的时候，我在农场里当跑腿，东奔西跑地送东西；我经常围在挤奶女工们身边，在她们挤奶的时候帮她们赶苍蝇。有一次我得到了一个机会。'从现在开始，'我们跛脚的组长说，'米哈伊罗·米哈伊洛维奇，我给你安排一项很重要的任务：你去刚收割完白菜的田里放放我们的苏丹吧！苏丹是我们的公牛，它最近温和些了，变得很文明，但你还是不要忘了，在你面前的是头野兽。虽然它鼻子上戴着鼻环，但它还是野兽……'苏丹是一头英俊的浅黄色的西明塔尔种牛，像猛犸象一样高大。它从没让德国人靠近过它，所以德国人逃跑的时候用手枪朝它狠狠射击，想用这种方式报复它，因为它不想和他们伙在一起往西撤退。后来它的伤口愈合了，才让我们这些男孩靠近它，让我们梳理它耳朵之间的毛发，它非常喜欢这样，它舒服得连眼睛都闭上了。于是，就因为苏丹，我有一次还当过'斗牛士'……"

"哦？那您是真正有过经验的！"

"苏丹很高大，对我，一个小孩来说，它比大象还大，比猛犸象还大，但是，我没在它面前感到过恐惧，我一直安安静静地放养着它。我的猛犸象完全服从我，我们朝夕相处。但是有一次，苏丹惹了麻烦。它走到蔬菜还没收割完的地方，开始啃一棵整个儿的白菜。我走过去，就像一名教练，用鞭子轻轻抽它的耳朵：嗖！嗖！它抬起头，似乎没认出我是它的小主人。当我再次鞭打它的时候，它突然扔掉了白菜，喘着气向我逼近……哦，我不得不告诉你，那场斗牛真的很棒！"

他描述的场景在我听来似乎很滑稽，我欢呼起来。接待员也对我的表现感到惊讶，他不明白是什么让我大笑。

"苏丹像丢一个足球那样，把我丢进白菜田里，"米哈伊罗·米哈伊洛维奇接着说，"有一件事对我来说是幸运的，那就是苏丹的牛角是往后弯着长的。我不知道为什么，但它的角长得有些奇怪，不像别的公牛那样向前，而是向后。这简直就是我的救赎啊！因为如果它的角往反方向长的话，第一次攻击的时候，它就会把我撞个粉碎了，但实际上它只是用额头顶着我，让我一直在白菜田里翻来滚去……"

"您应该抓住鼻环！"我提醒道，"它的鼻子上不是有个铁环吗？"

"你现在坐在这里提建议，当然是很容易的事情了。但是我那时候连去摸那个鼻环都不敢，感觉好像我一旦碰到它，它就一定会让我像触电一样被立刻弄死。苏丹无论如何也不想离开他的'斗牛士'。它把他压到地上，压一会儿，再让他慢慢地继续往前滚。我不知道我在它眼里是什么样子的，也许就是一只沼泽里的小青蛙吧，因为我那时正好穿一件夹克，颜色像蟾蜍，那是我姐姐在前一年秋天，用德国的迷彩帆布为我缝的……"

"但是，难道说，完全没可能从它身子下面逃脱吗？一瞬间也不可能吗？"

"我试过。但我才刚刚站起来，它就马上像云朵一样落到我身上来。我躺在地上，旁边一个人也没有，我呼救也没有用。就这样，我独自一人在白菜田里，像小老鼠一样蜷缩起来。我身上站着我的'死神'——就是这个冒着汗的苏丹。而且，它看起来还越来越愤怒了。我特别想抽泣地说：'我的小苏丹，亲爱的，不要生气。是我啊，小米哈伊罗，你不是很早就认识我了吗？昨天你还允许我给你挠背呢。'我到现在也一直不明白：在当时的情况下它完全可以压死我或者撕碎我，但是它为什么没这么做呢？它只是用额头把我压在两行白菜间的沟里，然后站在我身上喘气。它好像在思考，思考在它下面的到底是个什么东西，应该怎么惩罚他呢。那时我真的是在生与死之间穿行。苏丹踩在我身上，冒着汗。过了一会儿，它稍微放松了一点儿，但当我刚想要尝试着给它挠挠脖子，说'好公牛，好公牛'并设法往后爬的时候，它就马上以'没有，没有，亲爱的，不着急，我们的话还没有说完'的样子，又把我压到身下了。就是这么骄傲的动物，忘不了我用鞭子抽它的耳朵，让它受了委屈！过了一会儿，我发现，苏丹在把我往一口井的地方翻滚过去。那口井是挖在白菜田里的，周围建有一圈灰色的水泥台。我马上明白，如果它让我滚到那儿，那我就没地方继续滚了。一旦它把我压到水泥台边儿上，就……那么现在这个代表团的团长就应该是另外一个人了……"

"那结果呢，您是怎么跟它找到共同语言的？"

"你根本没法相信！我在生与死之间的那一刻，"米哈伊罗·米哈伊洛维奇继续说，"突然觉得苏丹的额头在我的左前臂上，停了一会儿。我好像突然间醒悟过来一样，把右手从自己身下伸出来，轻轻地碰了它一下，挠了一下它的脖子。你知道吗？那动物似乎陷入了思考，或者在等着看到底会怎样，而我呢，也勇敢起来了，我开始用双手安抚这个可怕的'死神'……这样一边挠着，抚摸着，一边小声嘟哝着，甚至哭着：'小苏丹，小苏丹，是我啊！'而你相信吗，这个谁都不服从的苏丹，这座可怕的气头上的火山，好像突然就明白了一个小孩的请求，它终于开始怜惜我这个小受害者了。这样，苏丹终于认出我了！它凭着熟悉的触觉认出我了！我用双手挠着它的脖子，慢慢地站起来，站稳，但还是不敢相信自己已经被宽恕了，已经捡回一条命了……我的猛犸象呢？它安静下来，用很清澈的眼神看着我，看起来它已经想起我每天怎么趴在它肚子底下给它洗伤口，怎么给它喂干草了。"

"也许它真的想起了吧，您曾经对它的抚爱？"

米哈伊罗·米哈伊洛维奇坐在那儿，长时间沉静着。

"我们的小兄弟，我们对它们能了解多少呢？"他叹了口气说，"我们什么都不知道，或者说几乎什么都不知道……"

汉娜·亚当米夫娜终于出现了。

这时应该有音乐，应该有报幕人走出来，向大家宣布谁将闪亮登场了。因为这简直不是我们的波利西亚地区的人嘛，而是一位当地城堡的鎏金台阶上的公爵夫人。她当电梯不存在，从楼梯朝我们微笑着走下来。她穿着非常精巧的金色鞋子，深蓝色天鹅绒的连衣裙，迈出的每一步都在彰显她的优雅！哦，华丽的礼服裙！我们简直不敢想象，在汉娜·亚当米夫娜的手提箱里还有这样的奢侈品一直等着亮相出场的机会呢……礼服很长，这些布料看起来都足够做三件礼服了，但裁剪得很雅致，有比较宽的露肩的领口。在汉娜·亚当米夫娜漂亮的裸露的脖子上，还有一串红珊瑚项链。

我们的"女王"此行也没忘记带一些首饰。但是这条贵族式的礼服裙，它华贵得简直要了我们的命！

我们的头儿很绝望：

"汉娜·亚当米夫娜！"

她竖起柳叶眉：

"怎么了？什么'汉娜·亚当米夫娜'，你们对我不满意吗？"我们代表团的女神微笑着转身，我们面前霎时就闪烁起深蓝色的、像秋天的湖泊似的光芒，"你们不喜欢它吗？那鞋子呢？"

"一切都很完美，"我们的头儿腼腆地嘟哝着，"金色的鞋子也好，你的天鹅绒也好……但这是晚礼服啊，你应该在昨天市政府举办的接待会上穿的！"

"昨天我没有搞清楚状况，"汉娜·亚当米夫娜神秘的微笑让我们无力反驳，"今天我决定炫耀一下……你们不会让我连这件衣服也不穿一回就回家吧？在家我完全没这种炫耀的机会，还好在这里可以……"

"但是，汉娜·亚当米夫娜，你应该了解礼节和规矩吧！"头儿一直呻吟着说话，"礼服应该在晚上穿，但是现在在街上，你看，外面是耀眼的太阳！"

"普罗旺斯的太阳。"我也用同样的语气强调着。

"你也认为这样不合适吗？"汉娜·亚当米夫娜茫然地看着我。

"不，我不这么认为。时尚和礼仪，我也不是很了解。但我清楚，天鹅绒很适合你，很女性化。可想而知，在编织它的人的想象中，一定有一位像天鹅绒一样柔美的女性会穿着它，还有这深蓝的颜色，就像秋天的湖水……"

"你听到了吗？"我的笑话似乎给了她信心，汉娜·亚当米夫娜再次向头儿征询道，"你怎么知道在斗牛比赛中不可以穿成这样？冉涅嗒说过，根据他们的惯例，完全不会考虑着装这个问题……"

"那媒体呢？"米哈伊罗·米哈伊洛维奇感叹，"媒体？它们很会找碴儿。"

"好吧，如果你认为我会让代表团蒙羞的话，"汉娜·亚当米夫娜的声音中笼罩着一种被侮辱的感觉，"我这就去把它换掉，我会穿得像昨天一样……"

再换一次衣服一定会让米哈伊罗·米哈伊洛维奇崩溃的。

"不，不！你别乱想！"他惊恐地喊着，"如果你回房间去，那我们肯定赶不上斗牛了！"

"是的，冉涅嗒也已经等了很长时间了，"我提醒说，"我们走吧，别担心了……"

我们终于走出了酒店。热气笼罩着我们，普罗旺斯炽热而耀眼的阳光，在天上嘲笑我们。

我们从通向公园的那条路走，然后穿过公园。烈日炙烤下，树木和亚热带灌木映入眼帘。到公园后方，就模模糊糊传来了嘈杂的声响，好像远处有一个瀑布似的——那就是来自斗牛场的喧闹声了吧。

公园里的小路没有铺设柏油，路面撒着些碎石和卵石。我感觉每颗石子都热得让人难以忍受。我们都对汉娜·亚当米夫娜满怀怜悯，因为她不得不用手提着自己沉重的裙摆，谨慎地踩着碎石走。这时她的金色小鞋就显得太小了，我们可以看见她的脚趾在进口的金色鞋面下凸出来。但到现在为止她还没有被绊倒，一次也没有过。

她也不接受绅士的搀扶，伸给她的手都被她推开了。她自顾自往前走，以能工巧匠般的灵巧，在炙热的碎石上保持平衡。她的大辫子像皇冠一样盘在头上，如她昨天说的那样，这是为了让她看起来"更高一些，再高一些"。现在她还穿着高跟鞋，看上去感觉真的变高了不少。这装扮对她来说，其实很合适。

吼声越来越大，那是斗牛场内传来的。汉娜·亚当米夫娜踏着石头，像涉水过河那样走路。她还乘机问：

"他们是从哪个世纪开始举办斗牛比赛的？"

这问题首先是问我的，因为在汉娜·亚当米夫娜眼里，我就是"活着的百科全书"，而她什么都想知道，什么都想确认——这就是她。参观博物馆时，她总是带着自己的女式笔记本，一边听导游介绍一边记录，偶尔还要再问我些什么，比如低声向我确认日期、历史人物的名字。她对普罗旺斯的一切都有强烈的兴趣。比如，安茹王朝①统治年代，阿尔比十字军②，取消普罗旺斯省的确切日期。她不知疲倦地将这些都记在笔记本里。而现在让她好奇的事情又多了这个：斗牛是什么时候出现的？

"我哪里知道？"我不太礼貌地回答，"可能是古罗马时代，那

---

① 安茹王朝：又称"安热尔热王朝"，起源于布列塔尼地区的一个贵族家族，其名称起源于八七〇年，安热尔热一世被西法兰克国王秃头查理封为安茹子爵，同时以安茹作为根据地，因此得名。
② 阿尔比十字军：又称"卡特里派十字军"，由十三世纪反清洁派教徒的基督教教堂组建，是反异教的十字军之一。

时还不是斗牛，而是斗人……"

米哈伊罗·米哈伊洛维奇用《费加罗报》盖着自己的光头，愁眉苦脸地走着。他全身都在出汗，但作为我们的头儿他一定还在担心，比如其他观众对我们这位女士的天鹅绒会有什么反应呢？比如冉涅嗒会说什么？会不会坚持让她赶快回酒店换衣服，因为这种晚礼服哪里是在大太阳底下看斗牛的衣服啊？

但是，冉涅嗒在指定的地方，也就是在喷泉那儿与我们相见时，就展现出了法国女人内在的机智。

"哦，简直就是一种创造啊！"她从各个角度打量我们的女士，同时几乎是惊呼着，"真是太奢侈、华丽了！很显腰身！"

米哈伊罗·米哈伊洛维奇以一种不可思议的表情，皱着眉头看着翻译：赞许？真的吗？在正午的高温下，穿着厚重的天鹅绒去欣赏斗牛比赛，冉涅嗒认为这是一种创造？而她自己穿着印花布连衣裙，瘦弱，轻盈，让人简直不敢相信她已经是一位母亲。

"穿着它不会觉得热吗？"翻译也关切地询问道。

"我可不怕热，"汉娜·亚当米夫娜平静地答道，"我们的车间有时比这里还热……"

我们知道，在她工作的工厂，整个班次期间机器的敲击声都不会停止，工人们都得待在潮湿得几乎像是热带的环境中——这也是因为生产本身需要这样的环境。

"哦，这是我们昨天来过的那个喷泉！"汉娜·亚当米夫娜愉快地指认出公园里最大的喷泉。它只在晚上才绽放光芒，那时会有流行歌手在平台上表演。

今天，当地人也在为休息日的节目做着准备。这是星期天，到处阳光明媚。高处的台阶上，女孩们穿着白衣服，装扮得像新娘一样。她们在进行演出前的排练，每一个女孩都在飞舞的轻纱中微笑。就连米哈伊罗·米哈伊洛维奇的注意力也被这轻纱营造出来的气氛吸引住了。那些薄纱仿佛海洋中的泡沫编织成的一样。这些朗格多克的年轻的女神啊！

此外在这里就没什么人了，所有人都去了斗牛场，但女孩们没有因此受到影响，她们仿佛也不知疲劳，完全沉浸在如天鹅般曼妙的舞姿里，沉浸在她们的轻纱中，是真的感到很开心的样子。

"女孩们跳得很好，"汉娜·亚当米夫娜赞扬道，"哦，像一群雌鹤，我都不想离开这里了。"

但是我们必须走了，我们必须接着踏上碎石路，因为斗牛比赛还在等着我们呢。哦，斗牛比赛！

若隐若现的看台，巨大的噪音……斗牛显然已经开始了。所有的目光都集中在竞技场上，那儿会有两个生物开始战斗，这是男人与公牛的战斗。正如我们得知的，斗牛重现的是古老的祭祀传统，还有神秘的、可怕的、血腥的，甚至是不可避免的，牺牲。

看台上很拥挤，人山人海……然而，竞技场里还没有任何角色上场，公牛和勇士都没有出现。圆形剧场内到处都弥漫着紧张和焦虑的气息，每个人都在焦渴地等待着，许多观众早就兴奋不已了。他们都期待着，让一切开始得更快些吧，要尽可能剧烈，要带着愤怒，要突如其来的危险，要精确的攻击，要血液向各个方向飞溅，甚至溅到看台观众的眼睛里！

冉涅嗒把我们带到预订的座位，没有人注意到天鹅绒。市政府的小伙子从远处看到了我们，精力充沛地向我们比画着手势。他旁边还有一位满头白发的身材健壮的人，也向我们亲热地挥手。他是法苏友好协会当地分会的会长。这几天在这儿游览时，我们与他打过交道，还成了好朋友。他以前是军队的飞行员，不止一次地飞到天上跟法西斯的飞机作战。是他告诉我们当时在诺曼底－尼曼河发生的一个让人惊讶的故事。这个故事，这些疯狂的斗牛爱好者想必也知道：飞机载着两个人，但地面管理部门的人以为飞机上只有一个人，常常会出现这样的状况，因为其中一些人违反规定，比如类似彼得这种人，有时候不告诉地面管理部门就私自把本应在地面工作的机械师带上了飞机。彼得头一天晚饭时是这样描述这种事的，"把他藏到飞机里"。不料他们在高空遭到敌人的射击，一股热油喷到他脸上。他透过四周的火焰与烟雾听到来自地面广播的命令——弃机。但他身旁的机械师朋友伊万·鲍尔塔维兹，就是被藏在飞机里的那个人，没有降落伞。所以这种情况下，哪里能弃机呢？于是他只能让飞机迫降，或者准确说是让飞机坠下来了，坠在田野里。两个人都很崩溃，但至少他们都还活下来了，没被歼灭……

"那就叫友谊啊！"昨天散步时，汉娜·亚当米夫娜听完这位法国老战士的故事之后，说道。我们整晚都沉浸在这个故事里，被它强烈触动。而今天我们这位朋友出现在我们面前时，几乎变成了另一副样子。他无忧无虑地来看斗牛比赛了。可能眼前的太阳、难得的无比晴朗的蓝天，还有极其热闹的看台，都能带给我们这位朋友与昨天完全不同的感受，把他拉进另一种气氛里吧。所有人都渴望热闹，希望忘掉和摆脱自己日常生活里成千上万种紧张情绪……这能责怪他们吗？我们是不是也这样，一进到这儿就为这种气氛而陶醉了，就感到这种野蛮的、兴奋的、有千年历史的斗牛比赛激活了我们的灵魂？

市政府的人也来了，冉涅嗒拜托我们的白发飞行员朋友陪着汉娜·亚当米夫娜，她自己就离开了我们，因为她没工夫看斗牛，她得回去喂孩子了。

斗牛场上正在做最后的准备工作，出现了一些穿着很奇怪的仿佛中世纪的衣服的年轻人，他们都有自己的角色和责任，而彼得先生也开始很委婉地给我们这几个外行人解释一些最基本的东西，我们听到类似"邦德里昂""拖雷劳"①这样的词，但我们能听懂的很有限。可能真的想了解斗牛比赛的话，就得年复一年地到看台上跟众人一起心醉神迷地呼喊才行吧！呼喊的内容是这个我们不太懂的疯狂的词："奥莱！"

"奥莱！奥莱！"

"奥莱，斗牛时，这是一种呐喊，表示鼓励的意思，似乎意味着

①　"邦德里昂"是西班牙语音译，意为"带钩短矛"，为西班牙斗牛比赛中斗牛士使用的武器。"拖雷劳"意为"斗牛士"。

'勇敢'！"

一声声短促的呐喊，在激动的空气中炸开。看台上成千上万的人都激情澎湃。随处可见毫不掩饰的兴奋、激烈的追逐、紧张的晃动。除了法国人，听说这里还有很多西班牙人，以及从事季节性工作的意大利人，而那声疯狂的"奥莱"，把看台上所有人都团结在一起了。

渐渐地，我们也开始感染上这种情绪，仿佛我们也充满了能量和对娱乐的渴望，对我们来说，现在世界上最重要的时刻，恐怕就是公牛入场了。

"哦，不，这不是之前提到的那种在白菜田里让我们头儿滚来滚去的西明塔尔种牛吗？"这头公牛皮肤黝黑，俊美，双腿细长，它不知从哪里跑出来的，仿佛从隧道里钻出来，突然就停在了场地中间，它身上的肌肉闪着黑光，它在等待：好吧，谁将和我撞上？

"哦，它太漂亮了，"米哈伊罗·米哈伊洛维奇和我热情地低语，"他们把它养得很好……"

那头公牛真的太漂亮了，我简直无法从它身上转移视线。它属于一个当地品种，是专门为斗牛场养殖的。它生长在罗纳河河口的流水间。它的血统很古老，品种已历经几百年漫长时间的筛选，它的基因里记录着力量和勇敢的讯息。把它养殖在广阔的罗纳河河口，为的是让它可以在河滩上、蓝天下自在地生长，不受缰绳也不受牛轭的羁绊，一直生长到牛仔出现的那一天。牛仔会骑着白马，把它牵走，让它跟牛群分开，把它赶到用石头砌成的城市。它被驱赶着走在狭窄的中世纪的街道上。围观群众都喜悦异常地尖叫。孩子和女人们瞠目结舌，好像早就在等待着这头黑黝黝的来自河滩的俊美的牛了。

当喘着气的公牛，被骑白马的人护送着在街上奔跑、在门廊和凉台间穿行时，当地的男孩们，甚至家庭妇女们，都激动极了，他们纷纷试图去抓住它上翘的尾巴上的毛。当地人认为，如果摸到了牛尾巴上的毛，就是吉兆。为了摸到牛尾巴毛，哪怕只是一次，他们也愿意冒生命危险。但目前公牛已经被驱赶着穿过整座城市了，这才来到由坚固的混凝土筑成的牛栏里。他们让它在这里喘喘气，放松一下，然后就要准备去战斗了。就这样，这个公牛家族中的斗士，奔进了斗牛场，停在当中。它看起来很有力量，腿很细，胸部很结实，从牛眼睛就可以看出，它多么骄傲、勇敢、无畏……

"它像一个哥萨克人。"我听到身边有人评论，开玩笑似的。

事实上，它真的像我们那些祖先——曾经去基利亚①野外策马奔腾，按照骑士的方式呼唤对手来决斗，还跟对手开玩笑说：

"嘿，老塔塔尔，你这个留胡须、赶两匹马的鞑靼人，我对你不会像你对我那样充满敌意，你想抓我当奴隶，然后在基利亚把我卖掉，你好赚钱是吧？"

"奥莱！奥莱！"

———————————

① 基利亚：位于罗马尼亚境内多瑙河河岸。典故出自《关于哥萨克人豁罗达的叙事诗歌》。

看台上响起一片咆哮声。很多人在尖叫。人们被激情包围，渴望奇观。呼喊声无处不在，他们为那些在竞技场上斗牛的人疯狂欢呼。

公牛的愤怒程度似乎还不够，斗牛士们想要让它更愤怒，这就需要更狂野甚至是更野蛮的行为。他们甘愿冒险，让整个过程有一种特别的滋味，营造出人们期待已久的狂热气氛。

他们用红布、尖叫，以及一些手势戏弄它。他们甚至已经开始用钢铁鱼叉剜它的肉。

这头黝黑的英俊的公牛，只是不情不愿地回应着。它有自己的尊严，它似乎做好准备要忍受这一切了。

汉娜·亚当米夫娜打量着场上那些穿着女式衬裤的人，看他们如何在公牛身边闲逛，坚持不懈地刺激它；看他们如何巧妙地跳开，以便躲开公牛的撞击。偶尔会出现公牛不情愿发起攻击的情况，有时候公牛会突然袭击，那就会重伤他们，甚至直接夺走他们的性命。

他们最后总会设法激怒它。

公牛奔向那些勇士，它垂着头，来回奔跑，在竞技场内一个接一个地追逐那些家伙，而对看台上的人们来说，最兴奋的正是这个时刻——公牛用犄角把其中一个家伙顶起来，抛到空中，扔到竞技场外。

但实际上这个危险的伎俩，可能只是提前安排的。

"他们的钱来得真不容易。"米哈伊罗·米哈伊洛维奇感叹，他指的是那些竞技场里的勇士，而听到这话的汉娜·亚当米夫娜只是皱起眉头，用拳头攥紧她那条被巴黎香水浸透的围巾。

竞技场内那些被公牛追逐的人越来越窘迫，公牛也越来越疲累。它身上一滴一滴流着浓血，因为有一把剑巧妙地、很深地插在它鬃毛的根部位置，而且还在那儿晃着。它明显失去了气力，踉踉跄跄地追赶那些人。那些人非要挑逗它，非要激发它的兽性不可。虽然累得腿发软，但它还没有失败。有时它力量衰竭，甚至差点儿摔倒，但前腿一倒下，它又会立即站起来。它要尽力参与这次不平等的战斗，这些安排本来就是不平等的。它皱着眉，以沉重的步伐走向对手。它已经被自己的血淋湿了，血一滴一滴地往下流。整个竞技场在我们眼里，都已经被勇敢的热血染成了红色。

"他们最后会停下来吗？这所有一切是为了什么？"我听见汉娜·亚当米夫娜的声音里满是痛苦。她的手指紧张地揉捏着已经皱得不成样的围巾，表情分外惆怅。她生气了，她被某种东西深深冒犯了，她的眼神已经表达出了内心的痛苦。

"奥莱！奥莱！"看台上的观众都喘着粗气，呼喊得更猛烈、更兴奋了，仿佛整个世界都在鼓励那些善于在观众面前用各种方法折磨公牛的精悍又灵活的家伙。他们用"奥莱"激发公牛的兽性，但公牛可能不需要。公牛跟平常一样充满勇气，它的任何一个动作都没有流露出一丝丝的畏惧。在停下来喘息的时刻，它疲惫不堪地、灰心地朝看台抬起头，仿佛在对看台上的人说：

"那么，你们满意了吗？难道我只为这个游戏而生吗？我也希望活下去呢，而且是自由地活下去呢。"

它现在连站立也变得困难了，但它还是血淋淋地站了起来，好像根本没感到疼痛。它慢慢朝那些带剑的人挪过去。它在平坦的广场上突然绊住了脚似的，它跌倒了，它跪在地上，尽力尝试站起来，与此同时，另一把剑飞了过来，刺中了它，刺得很深，剑柄一直在它身上颤抖。

"不看了，对我来说已经够了……"汉娜·亚当米夫娜说。她已经站起身，之后也不再看向竞技场。她的脸涨得通红，看上去好像浮肿了。她的表情很痛苦，感觉像是受到了他人不公正的对待一样。她很悲伤，她横冲直撞，也不管周围的人的不满和抱怨。汉娜·亚当米夫娜被行人挤得团团转，除了愤怒还是愤怒，她沿着台阶往下走到出口处，身后长长的天鹅绒裙摆不经意地扫在中世纪的石阶上。

我们也起身，陪我们的女士回酒店。

"你们可以留下来。"我们走到公园的时候，她说。

"那你呢？"

"我去那里不是为了看这起凶杀案的。"

晚上，我们的代表团再次踏上征程。我们要去巴黎了。然而汉娜·亚当米夫娜悲痛的心情仍然没能平复，她以一副脸上隐约显现着淡淡忧伤的形象出现在我们面前。为了哄她开心，我们的头儿尝试讲那个我们都知道的笑话。

"我们还是没有机会，"他说，"感受一下那些多瑙河的生物，也许他们会在巴黎端给我们吧。"

汉娜·亚当米夫娜对这些本是尝试逗乐她的俏皮话无动于衷。她看向窗外，默默地用一块手帕蒙住眼睛。她想起了什么？也许是父亲的阵亡通知书？有一天她谈到过，一位年长的邮递员到家里送给他们那张"黑暗"的纸，还是想到了战争结束后，他们那些饥饿的孩童一起用面包屑喂养的那只不幸的鹳？

"你不要哭了，我们已经够麻烦的了。"我们的头儿突然皱起眉头，"他们会怎么想？你怎么了？斗牛之后你怎么都没法回过神来吗？"

"对不起。"汉娜·亚当米夫娜内疚地说，同时将手帕放进自己的手提包里，再次将目光转向窗户，"看，天空好美啊……"

天空真的美得出奇，西边填满清澈透明的蓝绿色，在它之上点缀的，是布满半边天的花环——那是积云幻化成粉红色的花瓣并绽放开来。

"真是太美了！"汉娜·亚当米夫娜静静地说，"当我看见这样美丽的景象时，就会情不自禁地流泪……它会一直压在心上，直到我力竭……对不起。"

火车行驶得十分缓慢，有时干脆停在田野里，我们可以看到夜晚那些耀眼的湖泊，鸟儿在湖泊上空盘旋……突然有乘客喊道：

"协和式客机！协和式客机！"

芦苇丛中的湖泊像一面镜子，发出夺目的光芒。附近的湖面上岿然不动地立着一只白鹳。它完全不惧火车，寂寞得好像被魔法冻结在水中。它看着我们，我们也目不转睛地看着它。

"你认为鹳的寿命有多长？"汉娜·亚当米夫娜问我，好像我真的无所不知一样。

"不知为什么，我从来都没想过这个问题……"我说，"也许鹳
会活很久，或许会永远活着吧。"

汉娜·亚当米夫娜疲惫地笑了笑：

"但愿如此。"

一九八二年

布衣天才

　　宇航员以他惊人的入睡能力立刻就进入了梦乡。这种能力震惊了我们。因为他完全可以控制睡眠。而他这么做又只是为展示这种特殊能力并取悦在场的人。

　　当时我们在机场等待航班，宇航员坐在长椅上，讲笑话逗同伴开心。突然我们都看到，他从现实中脱离了出来。修剪过的小平头耷拉在他的肩膀上，眼睛紧闭着。我们这位明星朋友已完全深深地沉睡在梦中，屈服在摩耳甫斯①的力量下了。

　　我们看着他，像是看着来自天外的神奇力量，在我们面前演绎着一个奇特的宇宙魔术。

　　我旁边的姑娘一直没有把目光从宇航员的身上挪开，她开玩笑说：

　　"这便是他，可见，从太空回来的人，无论如何也睡不够……才能这般不假思索地就沉浸到幸福的美梦中。"

　　"未必是美梦，"我说道，"否则，他为什么皱着眉头？"

---

① 摩耳甫斯：希腊神话中的睡神、梦神。

"的确，很神奇的……他刚才还笑着，并没有昏昏欲睡……"

"果然如他所说，"教授——也是我们代表团的成员——解释道，"正如我们所看到的，完美无缺！"

仅仅两三分钟（取决于宇航员为自己拟定的睡眠程序），他就醒了，一个尴尬的笑容使他容光焕发，他眼睛里闪烁着敏锐和幽默的智慧。

他抚摸着修剪过的小平头，开始说新故事：

"然后我们在狩猎中又遇到了新情况……"

这新故事的开头，听起来会是一个笑话。

我们的飞行距离将很远，所以在我们的飞机下方，很长一段时间都会是干涸的夜色与黑暗的洋面。它在恒星的散光中并不那么引人注目，但我们仍能感觉到。虽然我们周围的一切看起来很舒适，但我们总是会下意识地感觉到：在我们之下是海洋的深渊。

空姐收回优雅漂亮的姿势，开始展示防水救生设备，并做出清晰的讲解。尽管他过去的辉煌不为人知，但当我们都学习着在突发事件中如何使用救生设备时，空姐总是看向他那里。对她来说，他只是这机舱内的一名乘客——一个可爱的留小平头的年轻人，正紧紧跟随着她的讲解，且一直笑嘻嘻地眯着眼睛看她。有时他会用英语询问这个安全带或那个按钮的作用是什么。这种情况有点滑稽，因为坐在空姐面前的这个人，在此之前已经去过太空了，显然他已经处理过更复杂的安全带和按钮问题，不过机舱中只有少数人知道这些。对于其他人，当然还有这位空姐来说，他只是一位勤奋的学生，想要学习一切，想要掌握那些奇异物品的微小细节。形形色色的乘客其实并不能真正弄明白那些急救设备怎么用，伴随着讲解而来的是座位上的笑声、具有讽刺意味的言论。尽管如此，乘客中还是有那么几个人，当他们一想起万一被迫落入激浪、坠入深夜的海洋的情景时，心里便不知不觉地颤抖起来。

讲解结束后，宇航员再次进入梦乡。他是笑着入睡的，就像孩子一般。醒来后，看我坐在他身边，他那耷拉在高高耸起的肩膀上的脑袋立即转向我：

"嗯，海洋怎么样了？还在原来的地方吗？"

然而他自己并不想俯身到窗前去看一眼。

我问他睡得怎么样。他愉快但又不好意思地承认，自己的确是这项"事业"的爱好者，他赞同那些关于"美梦是大自然赋予我们的最好礼物"的观点。

"你在航空飞行时睡得着吗？"

"如果时间表允许……"

"会做梦吗？"

"当然。"

"在太空中都梦见过什么？"

"一点儿也不抽象……梦见的都是很现实的一切，也很温暖……"

"真羡慕你。观察过我们的星球，身处太空蓝色的光辉中，再从那里饱览它……"

"饱览？这是不可能的。每次看到的都不一样，但景象总是难以言喻的美丽。"

他沉默不语，好像在倾听着什么，然后眼神再度变得愉悦。显然他想起了一些开心事。他曾是一个猎人，而且对打猎十分感兴趣。他喜欢世界的那些边远角落。他的叔叔多年来一直在某个自然保护区当守卫人员。你可以想象当他被邀请去叔叔那里时，那对他是一种怎样的诱惑：你来做客吧，在湖边垂钓，至少也看看黎明如何在我们的土地上闪耀……

"我的叔叔列昂季很严厉。对自己的事业来说，他就像骑士一样勇敢。他跟那些闯入他领地的人做斗争。摧毁美好事物的人很多：他们留下一堆破碎的瓶子和干枯发黑的莲花花束。莲花一被拔出，就立刻开始枯萎了，而这一切显而易见（你杀了它）。那些人到处攀爬，从水里扯出根茎，完全不知道这样做是为什么。他们彻底摧毁湖泊，仿佛这一切都是陌生的，是别人的。

"女孩们会接受这些野蛮的礼物，然后毫不犹豫地立即扔掉它。

"没有羞耻，没有良心。列昂季叔叔称这些来自城市的人与尼安德特人①没什么不同。为了让他们心有忌惮，他经常提起我，说，我的宇航员侄子就要来度假了，他会注意到你们所做的一切，他会教你们尼安德特人如何热爱自然……那么你想象一下，当从不会屈服的列昂季·伊万诺维奇看到他的'宇宙侄子'出现的时候，看到侄子自豪地从枪匣子里取出十六口径的个性化手枪'绍尔'的时候，

———

① 尼安德特人：生存于旧石器时代的史前人种。

他会是什么样的神情！他肯定认为我已做好充分准备与那些毫无防备的生物会面了。它们就在那里啊，就在天空中翱翔啊！有人已经吓坏了它们，它们四处张望，显然是希望在其他某处湖泊找到更安宁的地方，文明的强盗还没有到达的地方……

"'你跟那些在河对岸开火的人一样吗？'也许列昂季·伊万诺维奇只是想问一下而已，然后他瞥了一眼我的家伙'绍尔'，而我在他面前，却惭愧得想要钻到地底下去。事实上，我真的和那些持有执照或没有执照的猎人一样吗？不等明天狩猎帷幕被正式拉开，今晚就开始炮轰吗？不，我不是，至少我不想那样！我同时向他和我自己保证。但我明白：我这位亲人并不相信我。他的样子好像是在说：无论你说什么，大家都知道你们是什么样的人，要不为什么会有这么多的弹盒？只有当我经过反思、犹豫，再将所有弹药从悬崖踢到湖里时，他才会把愤怒变成怜悯！

"'我赞美这一点。'列昂季叔叔说。他的眼神变暖了，以异样的方式闪闪发光，而这种感觉就好像我们在这一时刻重又成为了彼此的亲人。我们一起看着那片被弹药激起层层涟漪的湖面，看着一片绿色的睡莲再次浮现于眼前。"

"希望其他人，"我说，"也能接受你放弃狩猎的方式……"

"'他们好像不在乎。'我叔叔回答道。然而，还是需要一定的防御，因为越来越多的人喜欢将枪口瞄准一切生物。报纸上写：现在一个州居然有四万支枪。而每个持枪者都在寻找猎物。摩托艇呢？列昂季·伊万诺维奇认为它们是最邪恶的，声音大得把鱼都震昏了，还会破坏河岸。如果你周末去河边玩，就会听到恶魔似的隆隆声，还有水面的柴油燃料，空气中的烟雾，排气浓度高于所有允许的标准……然而，这些真的有必要吗？为什么一定是摩托艇？你想玩吗？还是划船吧，能锻炼肌肉组织。但他们不想划船，他们要的是一艘快艇！"

"快艇是为了不让渔业监察员赶上……"我说。

"如你所说。在岸边，妇女带着孩子，全家都融入大自然，但是摩托艇飞驰而过，隆隆作响，散出烟气，让他们在弥漫着尾气的空气中呼吸。他们不会在意其他人，他们只想着自己过得还不错。我们总是会让自己成为利己主义的奴隶，人性的缺陷无法弥补吗？"

宇航员抬起头，陷入思考。我不由自主地仔细看着那顽强的额头、短短的刘海。我对这个人的一切都很感兴趣。毕竟，这是一位曾艰难尝试着在太空中进行实验的人。他在失重状态下工作。他看到了这颗行星的颜色和地球之外的光亮。然而当我后来询问他在太空怎么样的时候，他回避了问题。显然他已经不是第一次被问到这样的问题了，而且我猜想这已经使他极其厌烦了。

"请不要见怪，"他沉默了一会儿说，"一切都需要看心情……当我和列昂季·伊万诺维奇一起坐在篝火旁的时候，我们至少要谈论些什么。而他是我的叔叔，我首先必须满足他的好奇心。他问我：嗯，那个'摇篮'对你来说怎么样？从太空至少可以看到我们中的一些人吧？"

"事实上，你看到了吗？"我追问道。

"这个……好吧，尽管列昂季叔叔平时看起来那么伟岸挺拔，但在太空我确实没有看见他，"宇航员开玩笑似的说，"我也没有看到他的敌人，他们之间的战争已持续了三十年。但是我看到月夜下的河流如银线。作为一个多愁善感的男人，我每次都……"

我在想象中描绘那一刻：宇航员绕着这个星球进入他家乡的纬度，他等待着行星在月光下出现。这位大地的孩子兴奋地靠近舷窗，尝试在地球上的众多物体中辨别出属于他自己的那些，它们因距离遥远而更显珍贵。但事实上世界上的一切都是相对的，对于我们地球人来说，这是一条强大且不断流动的河流；而对于他来说，它只是太空中一条遥远的银色的线条，在月球发出的暗淡的光线中几乎看不到。

"好吧，当你从它身边飞过的时候，心里一定很感动吧？"我问道。

"当然！那条河流，伴随我长大，哄我入睡……是我童年的河流，我怎么能忘记它？不管什么天气，它都让人激动。"

"母亲河是多么重要。我总是告诉我们的教育者：一定要常带孩子们看看第聂伯河。让他们在白天看它，看它流淌时，蔚蓝色河面上洒满的阳光。让他们在月光下的蓝色的夜晚看它，让它向这些年轻的心灵释放魅力。在月光的照耀下，它闪烁而神秘。看来只有果戈里鼓舞人心的话和'光影天才'库因吉的作品最能体现它的魅力，其魅力仍然是世界艺术的一个谜……河流出现在'平静的天气里，当它自由而平稳地……'①"

"不！对我来说，其实秋天的河流更加触动我，它寒冷而阴

---

① 出自果戈里《可怕的复仇》。

126

沉……我现在也清楚地记得某个秋天的傍晚，那时我们的部队准备迁移，我们要在那晚转移到桥头堡的另一边。当时我还是个小男孩，但我明白形势——到现在我都觉得不可思议——第一批士兵冒着枪林弹雨越到右岸，建造了一个桥头堡，但他们需要支援，要不他们会阵亡！我们村民连夜赶到，为他们提供帮助，甚至那些年老体衰的男人也去了。他们也不怕子弹，都赶往柳树边的渔船。他们说，坐下来，伙计们，人不能死两次！我的母亲也拿起了船桨，这是她第一次护送携带线圈的电话通信兵。那时我还那么小，躲在岸边的柳树后面，看她在黑暗中起航，与其他船只一同消失，然后……你能想象我的感受吗？"

"的确，那令人难忘。"

"我坐在黑暗中发抖，芦苇丛在风中沙沙作响——时而远，时而近——射击没有停止。黑暗的对岸不时出现一些光亮，炮弹穿梭在河流上方，它们那么可怕。我以为我会死，我一直等着母亲，是的，然而，会等到吗？我幼小的心灵在那一刻焦虑不安。母亲回来了，她匆匆地抱住我，安慰我，然后她再一次踏上征途。而我却被命令坐在灌木丛中，不可以哭，要等着她回来。渡船整晚都没有停过，每个人都在忙着做事。直到天亮，母亲都没有停下手中的船桨。我那么担心她。所幸她毫发无伤地从枪林弹雨中回来了，之后她还获得了一枚护送士兵渡河的奖章……'也许这是为了你，儿子，'她后来说，'这条河让我幸免于战火。'"

"谁会想到她的儿子将在外太空看到这条河呢……要从外太空看

到这些光线和沟壑，需要多么强大的观测装备！"

"最强大的装备，就在这里，"宇航员微微一笑，将手放在他心脏的位置，"河流一旦从阴影中显现出来，就立刻让你感到无限舒畅。"

也许是为不再谈论这个话题，他再次闭上了眼睛。他浓密的眉间镶嵌着一条深深的皱纹，不再消失的皱纹。

"年轻、强壮，但磨难仍然在他身上留下深深的印迹，"我想，"我邻座的这个人，在梦中也紧张且孤独。外太空那种无限的空间里的寂寞，让他在飞行轨道上，就像是待在战壕里，也许那都是最让人感到可怕的孤独的所在。"

空姐穿过机舱，来回照顾乘客。她的蓝眼睛一直注视着宇航员。他似乎在打瞌睡，半闭着眼睛，尽管他的脸上甚至仍保持着愉快的神态。女孩站在那里，等待他的询问，等待他像刚才那样开玩笑，比如告诉她他在各种赌博中的奇妙的运气。然而这次她没有等到他的任何回应。女孩耸耸肩，对自己微微一笑，继续在机舱内游荡，脸上露出一丝委屈。或许，她也注意到了宇航员的睡眠并不真实，很虚幻。难道他可以通过半眯着的眼睛看到一切吗？女孩显然想得到他更多关注，她似乎已经知道这位乘客是谁了。她也许是看着当年的照片想起他来的。当他还身着太空服时，对我们所有人来说，他几乎就是一个外星人。而现在，在她的监督下，他像其他人一样难以理解该如何使用救生衣。

客机飞往更高处，现在是深夜。机舱内的灯已经熄灭，只有一些地方还留着微弱的信号灯，包括那些紧急出口的指示灯。空姐为有需求的人送上像羽毛一样轻盈的冰岛毛毯，可以让乘客包裹双腿、撑开椅子，放松身心平静地休息。但在上万英尺之下，在我们几乎看不见的地方，阴森的海洋中海水仍在流淌。

整个机舱都安静下来。在方便调节的座椅上，人们正慢慢躺下身。他们不自然的姿势现在看起来，就好像我们在电视上见过的宇航员一样。时间过得不快，也不慢。机舱很安静，其他乘客都已入睡。但不知为何，我和他都久久不能入睡。宇航员怎么了？我发现枕头从他头部下方掉落，然后毛毯也滑了下来。他仿佛无论如何也没法把它当成睡袋。我还没有铺开我的毛毯，也没有睡意。我再次被吸引到舷窗边，虽然现在透过玻璃我只能看到一点点光。除了黑暗还是黑暗，无边无际、深不见底、森严无比的黑暗，只有在下方很远处，我的眼睛才能捕捉到海水螺纹似的闪光。

他始终不能在座位上安定下来。他翻来覆去，扔掉毛毯，然后重新盖上。最后他总算平静下来，松了一口气似的。我问他，不管什么问题，是不是都已经很好地解决了？他没有回答。

"他不愿与人亲近，"我想，"他好像是开朗的，容易接近的，但事实上又不是……"

我们已经这样并排坐了好几个小时，但我只能偶尔通过他敏锐的眼睛显露的狭窄缝隙，看见他的灵魂里面有一丝难以察觉的狡黠，还充满了不可触摸的东西。他身上所散发出来的这份与众不同的神秘气息到底来自哪里呢？是与生俱来，还是来自他去过的那些我们没有到过的地方？是在他经历了其他地球居民没有体验过的东西之后才有的吗？他毕竟越过了人类认知的边界……他也会与别人聊天，但是达到一定限度时，便不再多说。这个家伙有点狡猾。我觉得，他没有完全坦白，有点谨慎，不完全坦诚。听说所有他们这种人都是如此，那些从月球归来的人也一样，并不把他们揭示和探索到的全部东西告诉别人。他们一定看到过一些特别的东西，一定为什么东西惊讶过，其中一定有一些是人脑无法接受的，否则为什么有些宇航员会于极度震惊的状态中回到地球呢？

我们坐得这么近，可是我们之间的距离却一点儿也不近。当然很可惜，因为与宇航员接近的情况不会每天都碰上。现在他平静下来，他终于可以入睡了。然而从他的呼吸声，我可以听出，并非如此，他没有睡着。当他再次整理毯子，重新动弹的时候，我把握时机，再次开口，我想跟他拉近距离。

"不好意思，"我轻声说道，"也许你会有兴趣知道，宇航业的先驱之一，是我一位十分亲和的同乡……"沉默了一会儿，我补充道，"就是那位才华横溢、自学成才的人，他以想象力在'一战'时期已经为你们绘制了大胆而富有创造性的航天路线……"

不等我说完，宇航员已经知道了我说的是谁①。他立刻从他的

---

① 此处指的是尤里·瓦西里耶维奇·康德拉图克，本名亚历山大·赫纳托维奇·沙尔基，一八九七年出生于俄罗斯的波尔塔瓦（现属乌克兰），是沙俄及苏联时期的工程师、数学家、理论家，太空工程与航天学的先驱之一，具远见卓识的学者。

冰岛毛毯中解脱出来。他按下按钮把座椅放倒，向我倾斜过来，前额挨着我的额头说：

"那你来自波尔塔瓦吗？"他的眼神充满了好奇，"也许来自小维斯卡①？"

"反正是那个地区，在那周边，都可以听到关于他的故事……在我们那里，很多人从小就知道他了。对我们中的一些人来说，他就是个明星……"

"你认识他吗？"

"老实说，我也是从别人的嘴里听到的……"

"都告诉我，"宇航员俯下身子，鼓励我说下去，"这正是我长久以来一直在寻找的东西！不要漏掉任何细节，这里面的每件小事都很重要，哪怕会有些琐碎……毕竟，我们对他了解甚少，对我们来说，他是个谜！"

实际上，我对那位出色的同乡并没有多少可以说的，而且我也分辨不出哪些是事实，哪些是传说。

"他在一家糖厂当锅炉工，"我记得听人说过，"然后是机械师……他总是梦想可以飞上天看一看。他将蒸汽室，即锅炉房的工作做完，就爬上屋顶，用自制的望远镜观察月球，直至深夜。他们是这样说的……"

"嗯，他本人怎么样？他被认为古怪是众所周知的，但作为一个

---

① 小维斯卡：乌克兰基洛沃格勒州的一个小城市。

普通人，你告诉我，他是如何被民间的想象力描绘的？"

"据说，他是一个高大的只留着一小撮头发的年轻人，性格开朗，善于交际。他伤寒刚刚痊愈就开始工作。他做的一切都是创造性的，他有一双巧手。如果糖厂哪位同事、朋友需要帮助，他会毫不犹豫地奔赴现场，而从不要任何回报。他对物质生活没有什么要求，对自己的日常生活怎么样也不太在乎，但如果另一个人需要帮助或支持的话，哪怕不熟悉，哦，他都会发挥他的聪明才智帮助别人。他的房东和房东的孩子，也特别喜欢这位房客，因为椅子、长凳、花盆、缝纫机……一切东西都被他修好了，凭他自己的双手修好了。每一样无意映入眼帘的东西，他都要立即进行测试，一次又一次地测试，研究如何改善它、如何改进它，才能让人用得更轻松、更方便。那些人仍然记得，他做了很多很好的磨盘。在那个艰难的时期，磨盘是多么重要。他在蒸汽机里巧妙地安排了用于帮助炉子工作的装置，提供了一种用于清洁烟囱的气动方法……总之，那个人显然是出色的、执着的。他发扬着永不满足、不断追求的精神……"

"请再想一想还有什么别的东西，"宇航员请求道，"当然，我们都知道关于他的那些出版物，但那是后来的作品……"

"他还是一名高中生时，就对航空航天产生了兴趣。从他读到一本关于在大西洋下——就是此时我们身下的大洋——建造一条大隧道的奇妙小说开始，他就没有摒弃过这些念头。一条连接两大洲的隧道，对他来说，似乎并不是那么遥不可及。然而，如此规模的建造所需的巨大能源在哪里？那时他想出了计策：设计一个指向地球中心的矿井，以便从那里获得跨洲建筑所需的能源。然后他计划用相同的利用地球核心热量的原理，来实施更加大胆的计划——让人类飞往与太阳系相邻的星球……"

"让其他星球安静地过下去，好吗？"从我们身后突然传来空姐的声音。她在我们后排，显然听到了我们的一些谈话，"地球上还存在很多问题，但居然有人仅仅因为考虑别的星球就不睡觉！"

她毫不客气地向我们扔下了最后一句话，说完，她几乎是愤怒地离开了。而他和我只好无奈地看着对方，不明白为什么这个漂亮的女孩突然生气了。也许是因为所有人都在睡觉，而我们却在说话？

宇航员微笑着说："愤怒让这女孩更美了。"

"但实际上，她有权利这样毫不留情地批评我们，不是吗？"我说，"地球上确实存在很多迫在眉睫的问题，当下和未来的问题，但同时我们也被其他星球吸引。也有些人却完全不这样想，他们忘记了自己！那么多人甚至都没兴趣知道自己是谁，来自哪里——他们仿佛是人工培植出来的……"

"令人难以置信，在二十世纪、文明的时代，一个人的痕迹会突然完全消失，"宇航员说，"我跟他是同时代的人，他本应生活在我们身边，但我们对他的了解很少。他为我们开辟了道路，但对我们来说，他自己的生活却还在阴影中——如谜语般神秘。"

"在神秘中度过，并更加神秘地消失……"

"你觉得他爱过什么人吗？难道他不懂爱吗？"

　　我只听到了一些关于这方面的谣言。好像有一个姑娘，多年来一直爱着他，耐心等着他，而他却在某个地方当苦力。他建造了一个提升机；在人民委员会的指挥下，他设计出一个即将矗立在艾佩特里峰顶端、拥有巨大翼状结构的强大的风力发电站。他跟普通人也总是保持着距离，朋友们甚至开玩笑地说，原来他是一颗星星的新郎。

　　宇航员喜欢这个不知是谁说出来，也不知道是什么时候说出来的玩笑话。但他还是希望听到一些更有可能发生、更接近事实的信息：究竟"一颗星星的新郎"是否经历过平凡的、尘世的、纯粹的爱情呢？

　　"或许有一些吧。因为有证据表明，他爱唱歌，而这往往就是大多数人陷入恋情的迹象。听说，当时的流行病之一伤寒，让他遭受了很大的痛苦，然而，刚能起身、能站立的时候，高大却消瘦、单薄的他，就立刻开始为女房东砍柴。之后他还用某种东西，哦，是使用焊铁做的某种东西，大声唱当时流行的一支浪漫歌曲。可以看出，他知道如何享受生活，如何满意地生活，尽管他的生活那么朴实无华。他整个夏天都穿着脏兮兮的帆布衣服，和在旧货市场购买的护腿袜；在冬天他穿巨大的羊皮大衣，大得被朋友们称为'圆形建筑物'——但他那时已经开始在阿尔泰建造托运粮食的提升机了……"

　　"正好我看到过其中一部提升机，"宇航员变得活跃起来，"它是用原木建造的，原创设计，因其奇异的细长形状而被当地女教师取绰号为'乳齿象'。提升机建造得非常巧妙，一根钉子都没用，因为那时共和国还没有足够的钉子。"

他把所有的精力都放在这些事上了，但他也没有一刻忘记他最珍惜的东西。他人生的每一阶段都在发明东西，都在建设和改善。他也没有一刻忘记他最珍视的星空。他晚上研读蓝图和公式，把心得记在笔记本里，白天再用代数验证它们的和谐度。他总结出的一些代数公式，多年来一直在为人类的生活导航。

"没有认可，没有奖励，他还没来得及获得这些。如果没有他的努力，现在所有的飞行器对我们来说都遥不可及，"宇航员怀着无限的遗憾谈论道，"但很难理解，这样一个独特的人却成了一九四一年①的国家民兵，为什么没人阻止他？"

"别忘了，"我提醒他，"当时是什么年代，敌人就在莫斯科附近，而你可能还躺在摇篮里梦想着神秘的飞行吧？"

"战争当然有它自己的法则，这是可以理解的。"他并不接受我的评论，"然而派遣他的官员必须弄清楚他是谁。"

他的责备似乎也是针对我的。

"要考虑当时的情况，"我告诉他，"成千上万的志愿者去当了民兵，离开了母亲、妻子、孩子，所以他，一个有良知、有责任感的人，怎么可能为自己寻求任何特权呢？你应该也能感觉到，他性格有多么坚强……"

这时我们已经依偎在一起了，谁都没有睡意，我们继续谈论。

---

① 一九四一年，苏联参与"二战"。

我们都被想象中的东西触动，我们都被这闪烁的灵魂迷住了。它仿佛就在这里，在我们之间，它似乎也正飞向对面的海岸。它将我们联系在一起，同时它又不为我们揭晓谜底，它并不让我们彻底认识它。我们好像置身某种诱人的游戏，它越来越近了，又再次离开我们，然后消失，直到被一片神秘笼罩。

人类的想象不会疲惫。我想象着某一刻，客舱突然变化，蜷缩在毛毯里睡觉的人都从我眼前消失了，支撑我们穿越黑暗海洋的超级发动机发出的轰鸣声也同样消失了，我眼前出现了很多前线通信员，他们就像我的朋友、步兵沙穆拉……一切都奇妙地交织在一起。那个刚刚被我们谈论过的人，与这位离开家庭和孩子的疲惫不堪的步兵，他们两人在我眼前合并为一个消瘦的前线男人的形象。

在秋雨中，这个男人戴着湿漉漉、皱巴巴的船形帽，身穿背后没有系带的军大衣，背着一卷电话线……这就是他，一九四一年的步兵通信员。

在风雨交加的夜晚，无尽的寒冷随之而至，肮脏的淤泥已完全吞噬了这片土地，没有路！他在泥潭里挣扎，发出扑哧扑哧的响声。整件衣服就是一个百斤重的大泥块。泥土无穷无尽，好像这里是泥球而不是地球。进而出现沼泽—— 一定要越过。灌木丛会攒聚在面前——必须穿过这些荆棘，继续前行。一切都要很快，更快，再快，因为这是强力夜行军，因为有人正在某处等待帮助和救援。

你已经虚弱不堪，被雨水和自己的汗水浸没。你得到命令可以停下来，你立即倒下，停在哪里就倒在哪里，在泥土里也无所谓，因为选择别处也没用，你周围只有沼泽和泥土。

　　你们好像被撞倒似的，在非常的疲惫中，马上就睡着了，在哪儿摔倒就在哪儿睡着，你们甚至比这位会用意志力来编辑自己睡眠程序的宇航员睡得更快。

　　你们在那深夜的路上停下来，你们在等待梦境的奇妙世界。有人把半空的军用包放在头下，代替枕头，还有人将电话线圈垫在头下，其他人靠在别人的肩膀上，已经合上了眼睛。你们握着武器，以免武器被弄湿。你们弯曲的身姿一点儿也不自然，但你们处于幸福的巅峰，你们享受着命运最昂贵的馈赠：这些可作休息的时间。在"起来！"被喊出之前，在泥泞大道被你们的体温暖热之前，你们还来得及拥有一些时间——几分钟——脱离恐怖的现实，沉浸到梦中。也许你们的爱人会在梦中出现，还有你们的家，你们无法到达的家园，也会在梦中出现。

　　一个高大的长腿通信员，身披外套，就像一只龙虾，因为电话线圈压得他驼背。他十分艰难地将裹着粗布、被污泥缠绕的如堂吉诃德般的大长腿伸展开。稍作休息后，他的精神也变得强大了，现在他高兴地承诺要发明出更便捷的通信设备，那将会是人与人之间最可靠的通话工具。

　　有人开玩笑："好吧，同志们，在我们中间，已经出现了'布衣天才'。"他不会因为这样的笑话而感到被冒犯，而"布衣天才"也成了对他的称呼。

　　风吹走了云层，星星在寒冷中闪闪发光。他偶尔也会抬起山羊胡须，以一种我们难以理解的方式望着星星。谁知道呢，也许就在那一刻，这位属于地球的哲学家、占星家，正以他的智慧，试图洞悉宇宙的恐怖和浩瀚……相貌最不端正的他，看起来偏是最接近星星的人。

他的耐力是惊人的，就好像他比别人拥有更多的筋络一样。在沉重的负荷下，你听不到他的抱怨。只是当敌人的导弹可怕地浮现于林中时，这位同志才沉着地说：

"敌人已经很近了。"

火光熄灭后，森林显得更加黑暗。

他们在黎明之前进入森林，就像进入一座哥特式大教堂，这些笔挺如桅杆一般的松树还没有被战争毁灭。

夜色消失，天空中的云层被风吹散了；在松树的顶部，星星出现了，一颗、两颗……它们很清澈，如钻石般闪耀，尺寸似乎比平常大了些。那位瘦高的通信员，待在林间草地，依偎在战友身上，抬头看着那些星星。黎明似乎相当遥远。我们看到他那张长久未经修整的脸庞露出某种东西，看起来就像笑容一样的东西。

然后会有一个命令—— 一如既往地突然——建立一条通信线路。长腿通信员是排在紧急救援队第一位的人，就像活靶子一样的位子。他瘦小的外套开始移动。尽管看起来笨拙和迟钝，但他会很快、很巧妙地铺设电缆，意想不到地灵巧。随后他回到原地，等待无情的声音再次响起："又断了！赶紧去接好，我们要保证联络畅通！"该谁去连接破碎的电缆线了？该谁去恢复一条线路、一条生命线？又是他，在路上被怜悯地称作"布衣天才"的同志。他自愿站起来。

他们抬头望去，他是那么英勇，好像置身于星星的保护下。他开始沿树林边缘奔跑，去找那处受损的地方。每个人都看着他奔跑、奔跑。他的胡须摇来摇去，他几乎没有弯过腰，他停了下来，显然找到了想找的地方……

当他被机枪击中，握着电缆线摔倒在泥泞里时，黎明的天空中，不止一颗星星在那些"桅杆"的顶部闪烁！

这似乎就是一切。

之后，他的影子在某些时刻仍然会浮现于我们的机舱里。似乎他坐在前排的某个座位上，正如以前一样，穿着破旧不堪的军大衣。他没有冰岛毛毯。

"的确，他就是一个布衣天才，"宇航员若有所思地说，"这就是那个时代和它的精神、渴望，也是那个时代无限的损失……"

机舱里很安静。灯光暗淡。那些不为我们所知的他人的梦，藏在毯子下，被平稳的夜航携着飞行。

靠在舷窗上，我盯着舷窗外：那里有什么？在夜晚的各方，在黑暗的深处，都只有闪闪发光的深渊。

我满脑子都是他：我那位奇怪的同乡希望在其他星球上遇见什么？他在寻找什么？也许是一些未知的、超自然的但让人觉得幸福的东西吧，然而他短暂而神秘的人生，是否被剥夺了在此岸的快乐呢？

一九八三年

英勇之夜

　　他躺在门边角落的病床上，病房里的人都知道他是一名机械师，因为还没手术，所以目前还能走动。

　　他是从田地里被人给直接带到医院来的，就从他平时操作的那些劳动机械那儿。那儿地界广阔，黎明时云雀飞舞，人们可以畅快呼吸。这样人们才知道：他是机械师。

　　然而在医院，从没人说过他被某种疾病折磨得憔悴不堪。他看起来仍是一个多么健壮的男人啊！他在病房出现时的样子，就跟健康人一模一样，而且是那种很有力气的健康人。他体格矮壮、敦实，肩膀也很宽阔，脖颈长得像运动员。坚挺的下巴，俊俏的脸庞晒得红通通的，像熊熊燃烧的烈火。衬衫解开一部分，露出其下的脖子和胸膛，看起来同样如火焰般灼热，仿佛皮肤依然保持着能燎原的滚烫的温度。只有他那始终满含悲伤的目光，以及眼睛里流出的黄色液体，才让人不得不承认，这位机械师如今落到医生手里了。

　　他看上去一点儿也不惊慌，也没有恐惧。紧闭的嘴唇像是他顽强性格的展示。他是一个不怎么爱说话的人。

同病房的人问他：

"怕不怕开刀？"

他低沉地回答道：

"人只会死一次，死后又怎么会知道死亡的感觉呢？"

"他会坚持下来的。"一位骨瘦如柴的"控制论"专家站在窗户那儿，说道。

机械师发出一丝微弱的声音，好像在自言自语：

"我必须坚持下去。"

为什么他溢出黄色液体的眼睛里满是忧郁呢？

手术已经安排好，但离手术还有一两天时间。所以到目前为止，他还可以不受约束地自由活动。在走廊他会遇见那些穿白大褂的实习医生。他们那些情绪激昂的事关科学的聊天，机械师这个草原居民也不怎么听得明白。但是这些实习医生的决心，还有他们展露出来的勇气，也会让机械师感到些许安慰。

即将进行手术的病人都被放在托架床上，送往那间神秘的小屋。一段时间后——有时甚至是相当长的一段时间后——外科医生会沉默不语地走出来，甚至偶尔还会是一副气冲冲的样子，要不就是大汗淋漓的，显得拘谨而紧张：想必是因为刚用手术刀打开了人体，看见了那些不愿被窥视的人体内部构造，看见了那些深深隐藏的没人见过的地方的缘故吧。

"那么，你不害怕？"

"怕也必须忍住啊。"

他的父亲曾是一名工兵，在强渡第聂伯河①时阵亡了，而此时好像有一个声音从那个令父亲感觉最艰难的夜晚、从未知的地方传来：

"坚持，儿子。我们是那种会永远坚持下去的人……"

外科医生都还没完全从工作中缓过神来。他们坐在走廊尽头的鱼缸附近默默吸烟，耷拉着脑袋彼此相对。看起来他们早就精疲力竭了，于是只能靠一直吸烟来缓解。这跟机械师们工作之后的样子也差不多。在秋天天气恶劣时，机械师们与机械一同饱受过折磨之后，就聚拢在户外一辆小型器械车旁边，抽着烟，休息一会儿，随后才缩进某个角落，听悲伤的风吹过楼板，听雨水冷冷地敲打屋顶。

世界上有那么多艰难啊！你在平常生活中哪里会想到这些呢？比如在田野某处，就有那么多人正承受着疾病的折磨与迫害。他们饱受困扰，一心等待奇迹，纷纷用祈求的目光注视着医生，而这些医疗专家，也正经历着同样致命的疲惫。人们在最艰难的时刻别无选择地只能信任医生，因为他们的使命就是为人类的生命而斗争。

外科医生离开后，机械师也来到鱼缸旁边。他之前从未见过这些富有异国情调的鱼，红色的和金色的，在玻璃后面属于它们的小

---

① 强渡第聂伯河：一九四三年"二战"中的一次军事行动，又称"下第聂伯河攻势"。

小的"热带海洋"中的藻类间游来游去。它们在水中游弋和玩耍得真开心啊，并不觉得受束缚的样子。可能它们身上也潜伏着某些鱼类的疾病呢？但也许这些生物根本不知道什么是所谓"疾病"吧？它们至少拥有生存所需的一切条件：水、鱼缸底部的沙子，以及并非来自当地湖泊的奇异水藻。必要的时候，穿着平整有型的雪白的护士服的值班护士会微笑着走过来，从鱼缸上方给它们投放一些特殊的类似鱼饲料的食物。

活着吧！小金鱼！大自然既然创造了你，想必就不会让你体验悲伤……

"没人知道这些鱼来自哪片海域，"护士很友好，对机械师说道，"只知道是从某个地方来的，那地方也许很远，也不知道那地方我们的航船能不能到。"

"或许可以吧。"

机械师在那儿徘徊了好几个小时。

夜幕降临，他回病房睡觉。这个草原居民在病床上久久无法平静。他没法忍受病房里病友的哀号。他一直克制着自己，以免内心压抑已久的呻吟也倾泻而出，因为疼痛就在他的身体里燃烧着，就像一只饥饿的火红狐狸钻进了体内，撕扯着他的内脏。

他带着镇痛剂和其他一些止痛药，走到院子里，望着夜空的繁星，听着椴树在星空下的夜色中沙沙作响。

值班的人认出机械师了，很慷慨地把他放了出去。

"这次我例外一回，让你出去，"他对机械师说，"因为我也做过类似于你们那样的工作，坐在哈尔科夫拖拉机制造厂生产的拖拉机上，所以我知道你们是怎么为生计奔波的……"

"达里娜应该给他带一些礼物来，"机械师脑海里浮现出这样的念头，"但又不能因为他客气就送他三卢布，反正你也不会给他三卢布，你没干过这样的事……"

椴树沙沙作响，星星在电视塔上方闪烁，树林中有一只昏昏欲睡的小鸟咕咕鸣叫，是斑鸠飞到这里来了吗？

奇怪的是，这一刻他才第一次发现，夜色下如帐篷般的茂密的椴树林以及繁星闪烁的星空原来那么美丽。也许，是因为它们远离了嘈杂的城市吧。

天上有许多恒星，以前有人说过，它们是某些人的灵魂。这些人或都曾生活在地球上，但现在他们在天上，以星座的形式聚集在天幕上。有一类人是很了解天空的，比如航海员啊，导航员啊……

现在他能看到金牛座，好像盛开的金合欢花，除此之外他还认识飞马座。他知道还有天鹅座、牧夫座和鹿豹座，但是它们应该在哪里出现呢？他对宇宙的认识其实仅限于金牛座和飞马座，因为当他在漫长的夜晚于田间劳作时，只有这两个星座会出现并被他辨认出来……那么现在又会是谁坐在他的拖拉机上继续劳作啊？他怎么孤身一人在这里等待奇迹啊？

小谢尔盖一直央求他：

"爸爸，您值夜班的时候带上我吧，我不会睡着的。"

"只是孩子啊，现在你还太小了，不要着急，属于你的东西是不会从你的手里溜走的……"

在椴树林间，有一个大雨之后形成的水洼，正闪闪发着光。水洼旁边居然有两只野鸭安顿了下来。它们果真是那种野生的鸭子，来自他过去生活的田野。它们从某处来到这儿，好像凭借着精确的第六感就预知没人会在这里伤害它们似的，于是它们就这样安顿下来，定居了。它们在人类身旁为自己找到了一处避难所。它们知道受伤的病人是不会随便伤害其他生物的，知道罹患疾病的人对所有生物都会更加友善。但它们是怎么知道的呢？是哪种本能告诉它们的吗？

这两只野鸭并不害怕机械师。当他在离它们不远的地方停下来的时候，它们只是仿佛彼此说了些什么，也表现出一丝恐慌，但都没逃开，还是继续留在原地。

他想起在他生活的那地方，如果男孩们聚集起来去狩猎，那对鸭子来说，就简直是噩梦了！他们一般都是开着摩托车去狩猎的，但是天气很恶劣的话，还会发动拖拉机去。他们也完全不在乎是否得到许可，他们只管开着拖拉机在田野飞奔，将一切交给命运来安排。他们沉浸在狩猎的狂欢气氛里，对死亡的动物，他们一点儿也不觉得可惜。无论是拖拉机、摩托车，还是动物们的巢穴，他们才不在乎呢。然后他就会因为擅自发动拖拉机受到集体农场的主任的斥责。当他全身脏兮兮，拖着醉醺醺的身体（因为去打猎必带整瓶酒而不是一杯——这一点机械师很讲究）从狩猎场回家，还会听到达里娜连篇累牍的指责。但这种时候他脑子里的东西早就乱七八糟

了。他只看得见一切能飞的东西。他也只听得到芦苇丛轰隆作响的
声音，还有草丛中某些地方传来的受伤的动物的喊叫。他或许还能
看得到沸腾的火焰笼罩着芦苇丛。他那时是感觉不到温柔的夜色的。
而现在呢，他看着两只小鸭子亲昵地依偎在一起，一点儿也没有畏
惧和惊慌的样子。它们安安静静地待在他的脚边，他却只想蹲下来，
抚摸它们。

　　此时，夜空繁星点点，出奇地美，这种美仿佛是他此前从未见
识过的。这漂亮的椴树林似乎也从没引起过他的注意。为什么只有
在受到这么多折磨（在家中，在工作时，在疾病发作的时候，还有
在晚上到处都是人类痛苦呐喊声的医院里）之后才会觉悟呢？才会
注意到这些最普通但却无法估量的美呢？才会留心这些环绕周边的
各种事物呢？

　　他坐在离鸭子不远的长凳上，看着黑夜里紧闭的医院大门。很
快，他的达里娜就会到了。她会把孩子留给她母亲照看，然后跟集
体农场的主任借用越野汽车（她不会被拒绝），飞快地赶来这里，赶
赴他们痛苦的约会。她还会带着家里做好的饭菜，尽管现在这些东
西对他来说毫无用处。昨天他跟农场办事处联系过，请求他们告诉
达里娜，来的时候随身带上她的白大褂，就是那件挤奶工的工作服。
在农场，有足够多的白大褂，而在这里……事实上达里娜自己就想
到了这一点。"她足智多谋。"办事处这样回复他。因为她穿着工作
服的话，就不会被门卫拦下来了，他们会以为她是个新护士或者是
当地的替补护理员。

达里娜是他在这个世界上最珍视的人，当然还有他的母亲和孩子，但达里娜……无论如何，在这些艰难的日子里，她付出的一切都历历在目。事实证明，她是一个大胆又果断的年轻人。当他感觉非常糟糕的时候，她第一个主张他不该继续留在诊所，而应该立即被送往市内拥有最好的设备和医师的医院。每次她探望过他之后，他看起来都会轻松一些。因为她比别人更加坚信，一切都会很顺利，奇迹一定会发生……啊，达里娜，达里娜！还好她没有听到病人们晚上在病房里如何鬼哭狼嚎、破口大骂。他们用最恶毒的话语咒骂那些制造了生灵涂炭的导弹以及各种丑陋东西，却没有发明救命的药物的人……

"达里娜，我的斑鸠①……"

他枕着胳膊，小睡了一会儿，很快便梦到了妻子：好像他在田野里追逐她。她很年轻，他们两个在高高的庄稼之间跑得飞快。他似乎就要赶上她了，而她每次都会跑开，不时回头冲他笑。她是那么年轻、丰满，还有她那黑色的眉毛②。只是不知道什么原因，她的头发忽然全都变成灰色了……他焦虑不安地从睡梦中醒来。这意味着什么？如何解读这个神秘的梦？与其他迷信一样，他也不太相信梦的预示。但梦中这个被他遗失的达里娜实在太年轻了，又笑得如此迷人，仿佛依然停留在她的少女时代。她从他的手中溜走了，刹

---

① 斑鸠是乌克兰人对亲密的女性的昵称。
② 乌克兰人习惯用"黑色的眉毛"形容女孩美丽。

那的梦魇就将她变得白发苍苍——这是在暗示他什么吗？

也许只是达里娜已在途中的一个征兆吧。她连夜奔过田野，带给他对奇迹的乐观信念。见面时他会对她说些什么？会不会有任何特别罕见的话语呢？达里娜很长一段时间都没有听到过他那些极度温柔的情话了吧？

其实，那些情话依然在他心底深藏。现在他还是会在心里用那些年轻时的称呼来称呼她。就在这里，在椴树下，他还会用温柔的、听上去十分宠溺的字眼来称呼他的孩子们，而且对每一个孩子都这样。在家里的时候，他少有柔情蜜意，因为每逢收割日结束，身体都疲惫不堪，浑身上下酸痛难忍；秋犁之后，世界上所有疼痛似乎都爬到拖拉机座位上来了，他就好像被压碎了一样，拖着沉重的脚步回家。他已无力再承受更多，也没精力跟孩子们玩耍，查看他们写的作业，更不用说去关注他们向他敞开的、对他来说也是模糊难懂的幼小心灵了。哦，现在他多希望能为他的女儿和两个儿子做一些事啊，只要能让他们开心就好！

从现在开始，只要他从这里回家，他绝不再跟母亲顶嘴了，不再让达里娜神经紧张了，也再不会伤害她了，哪怕只是一点点伤害也不能。即使喝醉的时候，他也不会吃那个无用的畜牧工作者的醋了，就让她在婚礼上和他一起跳舞吧，毕竟他知道她的灵魂完全属于自己，他没理由嫉妒。他还要带小谢尔盖去田野，实现儿子长久以来的愿望……总而言之，从现在开始，他要彻底改变自己的人生，彻底改变自己的本性，要完完全全地改，要真正一百八十度的大转变！

这些香烟燃尽，然后就戒烟吧，并且他一定会坚持到戒烟成功的。至于白酒呢，他以后连杯子也不会再碰一下了。如果实在难忍受，他可以喝一口百事可乐。还有打猎，也要禁止。只要动完手术回家，他会马上将霰弹枪扔掉。不，还是把它放在工作室的压床上，听听它断裂时那咔咔作响的声音吧。让博罗德什尼地区和恰里－卡米莎赫地区的小鸟都来欢庆这个决定吧。不要像沃尔斯克拉河对岸的那个经理那样：那个经理起初从不错过任何狩猎的机会，而且每次打猎归来收获的猎物都能装上半车。但是，当心脏病发作随即又发作了第二次之后，他放弃了打猎。据说这位从前与野生动物为敌的人，现在还是会去林场，但仅仅是去走一走，看一看。他站在草地上，期待会有一只鸟飞过自己的头顶，这样至少他能听到翅膀从身边划过的声响；有时他会待在他的敞篷小车里，一连等上好几个小时，然而一切都是徒劳的，他也会低下头，哭起来，"没有鸟儿向我飞来，没有野鸭，没有流苏鹬，甚至连小沙锥鸟都没有！但亲爱的，至少让我再看看你们啊！"这可怜的家伙。

机械师坐在椴树下，这样的夜晚会让他想到很多事情。直到黎明，他被召唤。他回到小楼，静静地迈过房间的门槛。

"哦，'草原灵魂'回来了……我们还以为你被手术刀吓跑了呢！"

"我不是那种会逃跑的人……"

"是去看你的妻子来了没有，对吗？"

机械师没有对此作出回应。

而这时，他的达里娜已经离得不远了。由于越野汽车正在修理，所以她乘坐了另一种更可靠的交通工具：夜行火车。下车后，她也不等第一辆电车，就开始步行。她经过许多街区，来到她熟悉的小楼。她在幽暗的公园里就能看见它用矿渣块砌成的灰色外墙了。

在探望丈夫期间，达里娜学会了一些技巧，也摸索到了当地的一些门道，因此她像其他探病的人一样，带着家里的东西，不走正门，而随救护车经后门，进入内院，然后躲在楼背后，等着天亮。这时候她就终于可以休息一下了。她坐在水洼（雌鸭和雄鸭定居的那个水洼）附近的长凳上，挨着鸭子们，听着椴树的哗哗声，开始吃早餐。她用面包屑喂鸭子，看它们怎么捕食，看它们把头扎进"浅滩"，又兴味盎然地像过滤器一样把水从鼻子里排出来……

天渐渐亮了，公园里夜色稀薄了。

清晨，太阳升起，阳光洒下来，仿佛城市上空开满了罂粟花。女人站起身，环顾四周，机灵地寻找溜进小楼的办法。应该不是这样，而是那样。不是从这里进去，而是从那里。显然这个门卫不会怜悯她——即便是门卫自己的妻子，他都不会让她进去。但如果是一个熟悉的电梯操作员在值班，那么便是另一回事了……毕竟她还带了挤奶工的工作服呢。

平时性格随和的机械师在手术前与工作人员发生了争吵。他断然拒绝躺在医院的手推车上。他说，为什么要这样？这太可笑了，他可以走，他自己能走到手术室。

"不好意思，请您躺下，"医生催促着，"这是我们这里的规定。"

"你们都是形式主义者，盲目遵循你们自己的规定，让能走的人躺在手推车上是荒谬的，"他生气地说，"真是可笑至极。"

"我们仍然坚持我们的原则。请不要抗拒，否则……"

"否则什么？"

"我们会因为您的不配合而遇上麻烦……"

他沉思了很久，而他们也就一直等着他。

"好吧，我会假装我是一个婴儿，"他咆哮着，躺了下去，"带我去吧！真是太可笑了！"他甚至皱起眉头。

他就这样躺着，被床单盖着，在护士的陪同下消失在手术室门后。不久，走廊里便出现了另外一个人，看起来像是一名护士，一位有着黑色的眉毛、皮肤黝黑的姑娘。她穿着白色长袍——她是达里娜。只有拥有敏锐洞察力的门卫才能猜出，那件白袍是农场挤奶工的大褂。

在走廊尽头处，达里娜站在鱼缸前面，躲在一棵高大的从橡木桶延伸到天花板的棕榈树后面。她全神贯注，仿佛周围一切对她来说都不存在了。现在她不会注意到任何红鳍鱼，也看不到在橡木桶里拧灭的烟头，听不到任何脚步声。她紧盯着手术室的门，听着有没有哀号声从那里传出来。

没有哭闹，也没有呻吟。

她这样站了不知多久，是一个小时，还是她思维中的永恒？她的灵魂时而变得麻木，时而又会清醒。她的目光从未离开那扇不可穿越之门。

她不知道这扇门后是什么，生还是死？

她没发现那个留着小胡子、眼神像一道小缝的门卫已经走到她身边了，他问道：

"你是怎么溜进来的？"

她应该马上给他三卢布，但因为某种顾虑，她没有这样做。像她的丈夫一样，她也还没学会怎么贿赂。而且显然，这个门卫也不会收下她的卢布。她静静地说：

"对不起……"

"大褂哪里来的？"

"从家里带来的。"她回答时，感到非常内疚。

"家里的大褂不可以带进来！"

"请允许我……待在这里，我的……我孩子的父亲，正在做手术！"她叫起来，"我们有三个孩子！三个！"

她的声音中有些东西是那么真诚，即使是这位像岩石一样挡在她面前的人，也有一丝被触动了。

"你自己小心点儿。"他平静下来，说道，又冷冷地看了女人一眼，就往电梯走去了。

手术室里很安静。没人进去，也没人出来。但是感觉整个小楼都在聆听这个神秘房间里传出的声音。毕竟在这么长一段时间里，这里一直进行着某些决定性的、可怕的、让人难以承受的事情。

探病者现在怎么样了？她的神经还有知觉吗，还是已经麻木了？过了会儿，一位操作电梯的大妈走过来，对这位"守护神"——达里娜——解释说，她不能站在靠近手术室的地方，她得到走廊另一头待着。

"好，现在就走。"达里娜立即同意，她乖乖地朝电梯的方向挪动。

但是她们刚走出几步，手术室的门打开了。达里娜一下子把所有禁令和规定都忘了，她匆匆忙忙跑过去。她要见外科医生。她以一种奇怪的直觉几乎立刻就认准了自己要找的人。他戴着白色帽子和大眼镜，表情严肃，脸颊凹陷，一副疲劳过度的样子。

"您是主刀医师？"

眼镜片后面的双眸闪着愤怒的光。

"你是谁？"

"我是病人的妻子！是你们刚才……做手术……我们有三个孩子！三个！"

这是她最有说服力的理由，也像一句祈祷似的。她要拯救丈夫，要把他从死神那儿抢回来，让他活着。

主刀医师严肃的表情渐渐放松，但他的声音听起来仍然不高兴：

"我们尽了一切努力，甚至更多……但我们不是神。"

外科医生想走，但被她给拦住了：

"不，请您告诉我……我需要知道真相，真相！"

"只能期盼奇迹了。"

他轻轻推开她，驼着背，拿着香烟，去了鱼缸那边。

一个跟他一起的年轻人，应该是他的助手，悄悄地凑近达里娜：

"请谅解一下他吧，他也很紧张……再说情况很严重，也许一个世纪才会出现一次……但是他的手术非常成功！"

"那么，他会活过来吗？"

"你刚才不是听到了吗？要祈祷奇迹出现。"

在那之后，年轻人也去了鱼缸边。在那里，主刀医师已经抽完了一支雪茄。

真的很需要奇迹啊。她可以等到这个奇迹吗？她相信奇迹吗？她没想过这个问题。但奇迹在自然界是一定存在的吧，至少偶尔也会在人类身上出现吧？现在，奇迹一定会发生的！她想，因为他是父亲！他有孩子！而且他对工作单位来说也那么重要！同事和管理人员都很重视他。他任劳任怨，尽职尽责，尊重他人，无论酷暑寒冬都围着拖拉机转。他完全是那种不晓得该怎么在工作中偷奸耍滑的人。遇上事情他也从不往别人身后躲，他就是从不知道怎么宽待自己。

"每个人都需要他！你们必须不惜一切代价拯救他！知道吗？一定要救活他！"

她就这样在心里无声地咆哮，向着鱼缸，向着那些在烟雾中把脑袋挤在一起的皱着眉头的医师。

之后她想尽一切办法说服了医生，让她留在小楼里。她会帮护士铺床、打扫、收发尿壶。她从不拒绝任何最底层的工作。她被允许可以在走廊尽头那儿过夜。她深怀感激地接受了这份通融。

现在她就待在这里了，离他那么近，仿佛能听到他在重症监护室墙后的呼吸声一般。无论谁怎么说，达里娜都相信：她在这儿是不会影响他的。况且她现在必须待在这里，安抚他，支持他活下去。也许这样奇迹就会发生了，对吗？

过了一阵子，机械师被工作人员从重症监护室转移到普通病房了。他们允许达里娜探望丈夫，探望她孩子的父亲了。

她看着他，目瞪口呆：这是他吗？

他躺在床上，被单盖到腰部，露出裹着旧绷带的上身。一些软管装置连着他的手。

"那些是滴管。"护士低声说。

达里娜对他外表所发生的变化感到震惊。她认识的那个人曾经那么健壮、热情和开朗，而现在躺在她面前的人就像一盏熄灭的灯。眼神不再似从前。脸色也异常白，没有血色。头部被瘦弱的身躯衬托得格外庞大，像是膨胀了似的。他胸口起伏着，喘着粗气，又慢又长的喘息声淹没了病房里别的一切声响。喘息声听上去是那样难以控制，像铁匠在拉风箱一样。然而喘息声也是唯一能证明他还活着的证据啊。生命在有力地战斗着，在保卫自己免遭可怕的伤害，将人体所有力量聚集成漫长的喘息。这就是人跟……面对面的情景吗？不然，那还会是什么呢？

达里娜被心中压抑已久的绝望淹没了。它随时会爆发，威慑所有人。但她没让它爆发，她没让绝望控制自己。她穿着白大褂的身子挺得笔直，甚至设法在唇上展现出一个不合时宜的几乎是灿烂的笑容——这样他就可以把这当成是她少女时代那红润的笑颜了。

"安德烈……我亲爱的小鸽子①……"

安德烈认出了她。她从他那半闭着的眼睛中猜到了这一点。他看上去很平静，好像一直注视着某处。看到达里娜，安德烈没动，也没发出声音，他的目光依旧盯着天花板某个角落，仿佛有什么东西在那里与他对视，而且那是只有他能看见、其他人都看不见的东西。他在天花板的角落发现了什么？他的目光一直痴迷于什么？为什么除了喘息之外，她听不见他发出其他任何声音？难道他不能向她做出任何表示吗？难道连吐出半个字也不能吗？

她继续伪装成几乎无忧无虑的微笑的样子。同病房的人也没把目光从这位探望者身上移开。她紧紧地裹着一件白色长袍，她黝黑的皮肤隐藏在长袍之下。达里娜感觉不到旁人的目光，她的眼睛里只有他一个人。她只是看着安德烈，但她眼前竟闪烁出昔日的草原美景。痛苦和绝望折磨着她，孤独和寂寞——这条"毒蛇"——徘徊在她身边。尽管如此，她还是带着他需要的笑容和炽热的眼神，站在他身旁，就像他们恋爱时那样。

这次她没从他那里听到任何话。他灼伤的双唇不再向妻子展露笑容，他只有绵长的喘息，只有勇敢地指向某处的目光——这是一种她此前从未见过的目光。

别碰他。不要打破这种沉静，让他保存体力。此时他仿佛正小

---

① 小鸽子是乌克兰人对亲密的男性的昵称。

心翼翼地于悬崖边缘摸索前行，他正在仔细寻找身体和灵魂的平衡，但他找到了吗？

达里娜得到允许，可以待在他的病房里。她在角落的椅子上过夜。她哪里会想到自己会亲眼目睹这样的事实呢：一个人，如此亲密的一个人，在竭尽全力为生命奋斗，就好像在反抗世界上所有邪恶那样在奋斗。

夜色渐渐消退，随后她会迎来第二个夜晚、第三个夜晚，但是滴管装置依然在那儿。达里娜时而会将它视作不祥的征兆，时而又会视它为一种希望、鼓励和安慰。对她来说，时间仿佛静止了。尽管外面的世界没发生任何变化，但她的世界已经缩小到只有这间病房、只有他了，世界只是她最亲的人身边的这一小块区域了。

她用拳头撑着脑袋打盹儿。一旦听见病人的呻吟，她会立刻醒来。大概午夜过后，她看到同病房那个瘦弱、头发凌乱，甚至让人觉得可怕的"控制论"专家，悄悄靠近安德烈的病床……他走近他，又看看四周，突然在安德烈床边跪了下来。他专注地盯着机械师的脸，听他缓慢甚至是机械的喘息——这或许让他想起了大海起伏的波涛吧。

"你这么勇敢，一直坚持着，"达里娜听那位"控制论"专家对安德烈说，"明天我也会全身麻醉躺在手术台上。我很恐惧，我会醒来吗？告诉我，怎么办？告诉我……"

"不要碰他，不要打扰他，"达里娜出现在这位"控制论"专家身边，"他已经很吃力了。"

"控制论"专家乖乖站起来，并低声道歉，然后回到了他自己的病床上。

安德烈的眼睛突然开始搜寻达里娜。

她担心碰到滴管，所以尽可能小心地坐在他的床边，俯下身，轻轻抚住安德烈那双仁慈的手。

他的眼睛就突然复活了似的，充满了生命的光芒，这光芒最后凝成一滴眼泪：干净，丰盈。片刻间，眼泪流了下来，滚落在脸颊上……他无法将它拭去，他只是脑袋微微动了一下。他持续很长时间都目不转睛看着他的达里娜。他的喘息声依旧冗长又吃力。她突然觉察到，而且很快便猜到了那个几乎听不见的声音在说：

"你们要好好活着。"

这类似遗嘱的话让她感到惊讶，她呆立着，一动也不能动。

晚上，椴树下有一辆从田野驶来的卡车。一群看起来都像机械师的男人，用防水油布盖住他们在集体农场车间制作的棺材。在他们旁边，有一个男孩，安静而专注地帮着他们。

"现在你就是这个家庭的顶梁柱了，谢尔盖，"其中一个男人对小家伙说，"你会像你父亲一样活下去……懂得怎么为人处世……"

他们把棺盖盖上，动身出发。这时，已经在这儿安居的两只野鸭，从车轮底下轻快地飞了出来。几乎一瞬间，它们一起猛地冲出，飞向夜空下的椴树林去了。

在悲伤与沉默中，他们离开这座城市。刚一出城，田野的轻风便迎面而来。他们闻到路边金合欢的花香。男孩挤坐在车厢角落，挨着妈妈。

从现在开始，达里娜，他就是你的小主人。她用一条围巾——寡妇的围巾——裹住他，把手放在他的肩上。这位小主人之前主动要求跟来，现在他像个大人一样，忧伤地坐在那儿，似乎并不相信发生了什么，也不相信眼下正在发生什么。

一九八四年

人民艺术家

　　出租车司机的心情并不是很好。他那马马虎虎的样子，包括以某种很勉强的姿势握着方向盘的手，还有脸上那种不怎么满意的表情，以及噘起来的饱含轻蔑的下嘴唇——这一切似乎都在说：为什么把这名乘客硬塞给我？还是在周六这样的休息日！为什么偏偏是我？谁会在秋雨过后去那个湿漉漉的泥泞的村庄？真的有必要吗？非去那里不可吗？难道说他有贵重的东西落在那里了？

　　司机知道，这样的乘客会经常在途中提出一些不可理喻的要求，把你的耐心耗尽。他们还会对你点燃的每一根香烟都表示抗议。他们会让你等候很久，让你未必能赶上晚上的电视节目，偏偏今天还有曲棍球比赛……

　　一位眼睛化过浓妆的年轻的女调度员把这项任务交给他，很明显她确信他乐得如此：

　　"能够载送艺术家是你的运气！"

　　"这是一份莫大的荣誉吗？"

　　"难道不是吗？也许这是你这辈子唯一光荣的行程了……"

但那位将要出发的人，先就给他留下了一种不良印象。当他从酒店大门走出来的时候，出租车司机只看了他一眼，就立刻对自己说：好吧，我们一定会玩得很"开心"……这个人才不会给你讲笑话呢，途中只有无聊和痛苦。他会缩在后座的角落里，一路喘着气，并且吞个防止感冒的药丸什么的……

艺术家戴着一顶贝雷帽，类似女人戴的那种；穿的外套较短，围巾从脖子一直往上裹到尖尖的鸟嘴似的鼻子。他脸上的表情就像要打喷嚏一样。他身材单薄，蜷缩在那儿，手里还捧着一大束漂亮的玫瑰，还像孩子似的把它们轻轻压在胸口——在这深秋时节，树叶都被寒风从树上刮下来了，他是从哪里弄到这些玫瑰的？

上车后，乘客很礼貌地跟出租车司机打招呼，并且亲切地问他是否对这条路很熟悉。在得到肯定的尽管是咬牙切齿的回答之后，他安定下来，把头埋进他那带方格图案的安哥拉羊毛围巾里，他显然还想再小睡一会儿。

一离开城市，出租车司机就会想吸烟。这是他长期以来形成的一种无意识的类似本能的反应。当他遇到某些远途乘客，特别是遇上某些曾经向劝说和鼓励屈服然后成功戒烟的人的时候，他的手就会不由自主地伸向香烟，而且还会出现难以忍受的对尼古丁的渴望。现在就是这样。当然，在这种情况下他跟乘客可能会发生口角，但今天的乘客也很有耐心，只是轻轻地咳嗽了一声，让司机明白他的声带对烟雾有了不适的反应，但司机是否有必要考虑所有乘客的咳嗽呢？司机想：我又不可能对每声喷嚏都说句

"祝您健康"①。

司机把烟头扔到窗外，让窗户开着，一阵风吹过来，但显而易见这也不合乘客的口味。乘客开始动弹，在座位上坐立不安……

司机想今天不是十三号②，然而还是会遇到这种矫情的人：对他来说一切都是错的，一切都让他感到不适。让他像其他公民一样去乘巴士吧，那儿会挤得要命……

天空阴云密布，刮着风，密集而蓬松的云朵在高速公路上方移动，偶尔窗玻璃上会溅上雨水。才刚刚中午而已，看上去却像是晚上。这样恶劣的天气，人们会去哪里呢？图什么呢？比如这位乘客，他明明应该坐在酒店温暖的套房或酒吧里，一连几个小时都坐在凳子上用吸管吮吸某种饮料，但是他没有——他还是要去某个地方，他还这样盛装打扮，像个手持鲜花的新郎，尽管他帽子下面露出的头发都已经发白了。

对于这种行为，出租车司机完全不能理解。他最近遇到的乘客也似乎总是故意破坏他对善恶的既有观念。当然，偶尔也会遇到一个志同道合的乘客，但更多的时候还是会遇到那种好像是在故意惹恼司机的乘客，就像今天，他还被乘客打乱了晚上所有计划。今天晚上本会有一位老朋友来造访，他们会在曲棍球比赛后去下国际象棋，或去附近的咖啡馆，他们保证会带着捷克啤酒去……

---

① 乌克兰人习惯在别人打喷嚏之后说一声"祝您健康"。

② 欧洲人认为十三是不吉利的数字。

"然而我却遇到麻烦了！"出租车司机想，"就让那位女调度员见鬼去吧！"

他遗憾地盯着乘客，注意到他在微笑，某种无比幸福的表情徘徊在他苍白的长脸上。司机完全不能理解。他怎么了？是什么让他感觉这么幸福？是这条阴沉而泥泞的高速公路，还是那棵光秃秃的、变黑的树？

乘客也注意到了后视镜里出租车司机阴沉的目光，便立即变得忧郁起来，他迅速挪到角落，仿佛要躲开某种麻烦。在乘客脸上，这时已完全没有任何司机刚才所认为的幸福迹象了。

"他古怪得简直像一只猫头鹰。"出租车司机想，并大声问："鲜花是送给谁的？"

"嗯，这……只是需要，带着。"乘客做了一个简短而且含糊不清的回答，司机的问题令他很难为情似的。

当然，乘客想，如果他碰巧遇到一个友好些、真诚些的司机，他会愿意跟司机交谈的。毕竟他有一张平易近人的脸，很容易与其他人在路上或者别的什么地方相处融洽。然而，车里从一开始就出现的这种难以理解的不友善气氛，根本就是没有理由的，这气氛很影响情绪。他其实应该忽略这些，只是他天性敏感。人类表露出来的轻微的不友好，都会折磨他的灵魂，更不用说这种无端出现的敌意了。

艺术家想，路还很长，因此还要和这位司机一起行驶几十公里，他们会像宇航员一样，待在同一个小空间里。然后所有时间他都会觉得，自己与空间里的其他宇航员兄弟截然不同，是格格不

163

入的。他不喜欢这位"邻居"，因为对他来说，乘客像是一个负担似的。虽然这位司机现在必须明白他是在工作，无论他喜不喜欢乘客，载送乘客都是他的责任。不过，他也必须对司机更宽容些，不要表露自己的蔑视，连心情不好都没有表露出来的必要……但又有多少人真能容忍司机的古怪和冷酷无情呢？更不用说他还这般不加掩饰地将他的冷酷表露出来了……

"您哪里不舒服吗？"最后他还是决定礼貌地询问司机，"也许您生病了？我有印度药片——不是化学制品，是用草药制成的……"

"我很健康。"一个满是怨气的回答，"我们又不是去疗养的地方。那里人特别多，你也买不到疗养证……我妻子为得到一张疗养证，不停地逼我，她还想要夏天去那里休息呢，然而谁会批准我们在夏天度假呢？我们的领导倒是会带着他亲爱的胖老婆去海滩，而我们又只会在一月或者二月去度假……"

"冬天也很好，可以去森林里滑雪。"

"滑雪？"司机厌恶地皱着眉头，"您自己可能每年都会去瓦尔纳，在金沙滩①休息，对吗？"

"并没有。我已经很久没有去过海边了，很久没听过柏树下的蝉鸣了，因为有时要巡演，有时要去看同乡。而去年夏天，我因为手术一直躺在床上。"

"那么，为什么要现在走这一趟？"出租车司机又愤怒起来，

---

① 金沙滩：保加利亚北部黑海沿岸一个海滨度假小镇。

"应该待在家，坐在电视机旁……但你却带着花，在泥泞里行驶，是为某人的周年纪念日吗？还是因为什么？"

"需要这样。"

恼人的司机让乘客感到屈辱，他再次躲进他那如茧一般蓬松的围巾里。对他来说，出租车司机可能已经不复存在了吧？从现在开始，似乎他只对这条绵延在秋天的田野和一团团飘浮在空中的厚重的雨云之间的灰色公路感兴趣了。乌鸦在路边的柳树上隐隐不安地鸣叫。泥浆飞溅进汽车的驾驶室，路上大部分是载货卡车，有时这些卡车会横穿马路——从一块田地到另一块田地，从一堆泥土到另一堆泥土。公路前方，滚滚黑烟不时飘出，载着家畜的卡车的强力柴油发动机发出轰轰的声音……有个笨手笨脚的卡车司机，好像是为了惹恼出租车司机一样，让卡车紧紧地贴着出租车隆隆作响。出租车内顿时弥漫起一股焦煳的汽车尾气的味道。路边泥坑里的脏水全都溅到了出租车上。整块车窗玻璃都留下了带泥浆的水痕。

出租车司机疯狂地咒骂着，并转向他的乘客问道：

"您见过这种垃圾吗？这算是人吗？看看这些禽兽的嘴脸，我真想把他们按在泥潭里，简直就是在茶馆①喝多的醉汉！拿着驾驶执照的下流货！"

"也许他是无意的？"乘客为那位不认识的司机辩护。

---

① 茶馆：长途道路上设立的供休息的咖啡厅、酒吧、小饭馆之类的地方，因禁止酒驾，故取名为"茶馆"，多设立于村庄周边。

"无意的？"出租车司机更加愤怒，"我知道这些所谓的'无意'！他们都是这些集体农庄里的干部。他来的时候，你就得让道。他觉得在路上，就好像在甜菜地里一样，可以横冲直撞……"

"您是不是已经不是第一次来这里了？"

"不幸的是，我确实来过几次。有时要买白菜就来这儿，有时来买土豆，而每次都会在这里遇到一些麻烦……去年，这些'甜菜地'里的车故意将我'推'进沟里，我不得不一直待到早上。"

"现在这路还是这么滑吗？"乘客听后惊慌失措。

为了吓吓乘客，出租车司机故意说自己这辆车真的不容易控制，而也许前方的情况会更糟，看到没有？路面湿滑，还有薄冰……

"到了晚上，"出租车司机嘟哝，"还会出现大雾。"

"您不要吓唬我，我胆小。"乘客用开玩笑的语气说。

出租车司机并不明白这是个玩笑：

"你害怕某人，还是害怕别的什么？"

"我原本就不是一个勇敢的人，可能因为我的基因就是这样的。"艺术家继续开玩笑似的说，"在人们都不顾一切、张开双臂，在生活的汪洋里挣扎、追逐还有争抢的时候，我最好还是在一旁等等吧。如今这可能是一个缺点。但是有什么办法呢？然而，正因为我了解自己的弱点，意识到我并没有克服它们，所以我一般也会原谅其他人的一些内在的缺点①，正如白俄罗斯的弟兄说的那样……"

---

① 原文为白俄罗斯语。

"所以说，你们艺术界的人，也不是没有缺点的，对吗？"

"世界上哪一个人没有缺点？"艺术家用轻松的口吻说。

"其他人为什么这么崇拜您呢？"出租车司机斩钉截铁地问，"那位女调度员为什么一听您的名字就忘乎所以了呢？"

不过之后司机也没再继续说什么了，只是抖了抖肩膀。因为他觉得，当你处于一名乘客的位置时，你可以很轻松地在那里高谈阔论。人都是这样的，只顾自己痛快。但想象一下如果你是司机呢，你晚上从某餐厅开车送那些醉鬼，他们在你背后指手画脚，而你也担心某个瞬间他们会将芬兰刀拿出来，对你大喝一声：

"把钱拿出来！"

与此同时，艺术家想起了一些什么，脸上露出一丝欣喜。原来他认出了一棵古老的空心柳树。从小时候起他就认识它了，当时他还是一名中学生，跟父亲一起坐着牛车从那里经过……如今树枝上的槲寄生，就像巢窝一样，使树枝的颜色显得更暗淡了。多年来槲寄生一直从这些柳树上汲取汁液，然而树干依然坚挺，它像辫子一样的枝条垂落下来，低垂到种植着蔓草的池塘水面。

那棵百年的柳树从车窗前闪过，糖厂的烟囱在低矮的天空中露出来——多熟悉的感觉。他的艺术生涯就开始于那儿的俱乐部的舞台呢！那是什么时候的事呢？当时这位出租车司机还没有出生吧！原来是离现在那么遥远的事了！记忆充满了甜蜜，感觉有一股温暖的浪潮涌入灵魂。艺术家对当前的美景并非无动于衷，但是那些过往之美，更会让他产生灵魂被触动的感觉。它已经过去了，它随风而逝。虽然那时的生活很艰难，但这里还是举行过美好的婚礼。在柳树林里，可以听到高音和男中音的演唱……现在，他可能希望与某个人分享那不可逆转的飞逝而过的往昔，比如他的充满活力的青春，他的朋友，还有他的蓝眼睛的初恋——所有一切都在那里。而人的灵魂一旦触碰到遥远时空里的光，就立刻会闪亮起来。

不过他一看见这位忧郁且沉重地挂在方向盘上的人，就立即失去了跟他分享珍视之物的欲望——在这种情况下还有什么办法呢？如果方向盘后面是一个更和蔼可亲的人，他肯定不会这么排斥他，他会沉浸于伤感的情绪，沉浸在抒情诗中。而这个人呢？他的灵魂苏醒的声音和他对亲人的回忆，对这个司机来说，是毫无意义的。

他的青春，他曾经跟他的朋友一起在这里演唱的歌曲，此时都已经在他的灵魂深处喧嚣起来。他想：你想告诉他，你是怎么从这里启航走向世界的吗？告诉他你的朋友是怎么送你去首都学习唱歌的吗？那时你们坐着牛车，经过这片柳树林，就是沿着这条远古的贩盐道行进的，当时这里还没有铺设柏油马路。

艺术家郁郁寡欢地坐在那里，将自己所有记忆都隐藏在内心深处，没有透露出他灵魂深处的波动。实际上，他也知道如何打破这种漠不关心的气氛。如果他在这里高歌一曲的话，很可能就足够融化这个粗暴无知的人的心了。但目前，虽然他的脑海同预想的一样已浮现出那些难忘的记忆，比如年轻时的晚会、夜晚在柳树下的热情倾诉，还有黑暗中从姑娘的眼睛里闪出的光芒，但他现在并不想唱。

他们之间最不愉快的对话还在后面呢——在他们快要从公路驶向土路时，发生了冲突。那条被运甜菜的车压坏了的黑色土路，真的让司机心生畏惧。

"我不会去那儿！那儿甚至连坦克都开不过去！"

"我可以加钱……"

"我不要钱！"

"好吧，还是试一试吧？"

"我们整晚都会待在那儿！然后泥水会淹过你的耳朵尖！你想这样吗？想吗？"出租车司机愤怒地向乘客喊道，同时指着刚从马路另一边转过来的、陷在泥坑里正扑哧扑哧地喘着粗气的一辆莫斯科牌汽车，"你想让我也这样吗？"

面对这种绝不妥协的态度，乘客不得不承认自己的溃败。

"也许你是对的。但我拿它们怎么办？"乘客用低沉的声音说，他难为情地盯着手里红色和金色的玫瑰。

"只有一个办法，就是返回，"司机建议，他眼前立刻浮现出了曲棍球赛场，以及在展览馆熟悉的咖啡厅里那一排比尔森啤酒，"还是等这路干透了，再去吧！"

"那它什么时候会干透？"艺术家并不明白这是句玩笑。

"好吧，就是等它冻上之后！不过鲜花呢……一定有人在等着它吧？"

乘客没回答，而是请求司机借他一根绳子。

"什么？"出租车司机惊讶地盯着他，问道。

司机在后备厢中翻找了一通，找到了一条被黑油弄得脏兮兮的合成绳索。

"这个行吗？"

"哦，太好了！麻烦你帮我截开，我需要一些更细的绳……"

"好吧，反正这个东西我多的是。"出租车司机竟然出乎意料地没反对这么做。

乘客小心翼翼地把鲜花放在路边，从司机手中接过绳子，开始捆他那老式的防水橡胶套鞋。他的动作十分娴熟，看起来好像已经不是第一次这样做了。

司机面带奇怪的笑容看着这个奇怪的人。他是在搞笑吗？怎么想的？

艺术家捆好了胶鞋，又小心翼翼地把他的玫瑰花压在胸前，并且用一种几乎是命令的语气说道：

"你在这里等我。"

"哪里？"

"那边，有一个茶馆，离我们不远，去那里你会暖和一些，喝点茶。我会很快回来的。我不会放慢脚步……"

不等愣愣的出租车司机表示反对，艺术家已经向他挥手，并急匆匆地朝滑坡下面走过去了，他走向了土路。到了那跟前的时候，他再次回头，而且相当严肃地提醒司机道：

"就按我们约好的，等着！"

司机听着他那双胶鞋发出吧唧吧唧的声音，渐行渐远。如果是很现实的那种人，未必会用双脚去搅拌那些浓稠的泥土，特别是在傍晚时分，在这样一条去糖厂的路上，路面早就被来来往往的载重五吨的运甜菜的卡车给轧坏了。可是这个古怪的人还是去了，他一直在两个车辙印子的左右绕行，一步一步地走向上方挂着低沉云朵的阴暗的田野，他的身影逐渐在秋天泥泞的田野上消失不见了。

公路上汽车轰隆隆地，过来又过去，还下着毛毛细雨。司机站在路边，目送那位古怪的乘客，他觉得他好像骗了他，留他一个人在这儿，也等不到什么结果。司机只好吃力地走到前边那座在小丘顶上显山露水的村庄，去做只有他自己知道的事情去了。

乘客的瞎忙活，让人无法理解。在司机的心里，现在乘客似乎比之前稳重些了。可能，就是这种司机弄不明白的稳重的感觉，召唤他穿过田野间的土路，让土路把他带到某个遥远的地方吧。那位刚才看起来很挑剔、很虚弱，一路都裹在自己围巾里的人，对任何东西都害怕的人——窗外吹来的穿堂风怕，香烟的烟雾也怕（他这样怕烟雾，他多么珍惜自己神圣的嗓音啊！）——没想到现在居然会这样做！还有他在路上万一发生什么事情，恐怕一定会连累自己。

"回来吧！会感冒的！"司机当时也想把他唤回来。但他也明白，这个固执的人，在他给那束玫瑰寻到安放之处以前，是不会回来的。所以司机现在唯一能做的事情，就是去茶馆。

　　那个茶馆的名字叫"草原的矢车菊"，在柜台后面他一眼就看到了他的熟人，酒吧女招待汉努霞①。她活泼好动，挑衅地看着出租车司机，用嘲笑的声音说道：

　　"什么风把你吹到我们这里来了？"

　　"该死的！我真是太不走运……"

　　"轮胎漏气了吗？"

　　"比这更糟糕。调度员安排我送一个家伙，他就好像是温室里长大的一样。我和他陷入了麻烦。我把车窗玻璃放下来一会儿，他就被穿堂风吹得直打喷嚏。这么一个古怪的人，我听说，还是一位人民艺术家。"

　　"那不就是我们的伊万·克诺诺维奇嘛！"酒吧女招待兴奋地叫起来，惊讶得脸都红了，"他就是满世界都在追捧的那位歌手啊，他在哪里？"

　　"在泥路上走呢。他一定要去你们的赫里霍里夫卡村。什么劝说的话都听不进去，非要去。如果是我，除非有人送我一座金山，我才会去你们那片泥海里搅和……"

　　"所以说你不是人民艺术家嘛。"汉努霞笑着说，"你想吃什么？"

　　汉努霞对出租车司机的真诚关怀，也许因为他曾尝试过追求她，并得到一记耳光。似乎正是在这样的基础上，他们成了朋友，有时又好像亲人一样。

---

① 汉努霞是汉娜的昵称。

出租车司机说他不饿，他拿了一瓶柠檬水，把它放在桌上，这动作表明，他希望在众人面前强调，他是一名模范司机：驾驶途中一滴酒都没有沾，只靠柠檬水活。

不远处，在茶馆内某个缺少光照的角落里，来自糖厂的小伙子们大声喧哗着，喝着酒。从他们的惊呼声中就可以知道，他们在为某个获得奖品的人庆贺；在另一个角落，长途车司机们疲惫不堪，慢慢地喝着茶，看样子他们也允许自己喝一些啤酒，因为在他们的桌子底下，放着没有标签的瓶子。出租车司机拿着他的柠檬水坐在大厅中央，如此一来他们就可以看到他是多么模范了。

然而，有一些东西让他感到不安。他喝了一口柠檬水，看了看四周，又起身去柜台，弯腰趴在柜台上，靠近汉努霞，问道：

"我那位乘客不会迷失吧？天就快黑了，我得对他负责……"

"伊万·克诺诺维奇比我们任何人都更清楚通往他故乡的道路，"汉努霞说，"因为那是他年轻时常走的路……"

"他在那里有亲戚，或者其他什么认识的人吗？"

"亲戚已经没有了，在战争以前，他就把父母接到了身边。"

"那么玫瑰又是给谁的呢？"

"哦，那里面有一个故事！他的爱人安葬在那儿，是他的初恋，你能明白吗？听说，她是一位年轻教师，但因为结核病，年纪轻轻便去世了……而他无法忘记她。你看，多么刻骨铭心的爱情。他一辈子就这样一个人过着。所以，如果现在有人说，世界上没有真正的爱情，你千万不要相信。每年秋天伊万·克诺诺维奇一定会来这儿，去她的坟前，送上一束花来纪念他们的什么纪念日……现在已经没有人会这样做了！"

"是啊……爱情故事。"出租车司机喃喃道，并且点燃了一支香烟。

酒吧女招待困惑地抬起眉毛：

"你是文盲吗？"

她指给他看大门附近标牌上的字：我们不吸烟。

"对不起，我没注意。"他说，然后慢慢走出去，到门廊去吸烟。

他只出去了一会儿，又回来问汉努霞：

"他怎么还没回来，还是不见他的影子？他说过让我等他的。"

酒吧女招待平静下来说：

"他既然说了就一定会来的。"

"可是天已经黑了……"

"他可能会在学校待一会儿，"汉努霞猜，"他在为孩子们的合唱团做辅导，还给他们送钢琴……而且我也收到过他的礼物。"她微笑着说，"我们婚礼的时候，他寄给我们一张唱片，我很珍惜，现在还留在我身边。只有重大节日的时候才拿出来听，我们总是担心把里面的歌弄丢。"

一个糖厂的男孩靠过来，很没礼貌地用他的肩膀撞开出租车司机，向酒吧女招待说：

"请再给我一份咸黄瓜，还有香槟。"

出租车司机微微皱起眉头，喊：

"咸黄瓜配香槟，真是……"

"我又没有问你。"男孩说。

"安静，安静，不要激动！"汉努霞说，"我们这儿都是有礼貌的人。"

出租车司机为证明自己的确被这个粗鲁的男孩冒犯了，很愤怒地在牙齿间夹上了一根烟，摇摇晃晃地走到门口，抽了起来。

他站在门廊上，看着已经在昏暗的雾气中隐没的道路，怀着烦闷和焦虑，不安地等待着。那个麻烦的人还没出现。如果真发生什么事情，人们一定会问他：为什么没和他一起去那个地方呢？为什么你要一个人留下来呢？也许如果你真的想去的话就一定能去成，毕竟也不是每辆车都会在那里遇困，而且你明明有一个可靠的发动机，是刚修好没多久的。

门廊上传来了脚步声。司机猛地转身，发现原来是这里的看守人。他靠在墙上，惬意地抽着烟。

"你在等伊万·克诺诺维奇吗？"看守人问。

"没办法，这就是我的工作。"

"哦，他要受苦了，可怜……这样出众的人……"

出租车司机听着公路上一辆卡车经过，车上的防水布被风拍打得啪啪直响。他回到茶馆，坐在自己没喝完的柠檬水跟前。酒吧女招待冲他摇了摇头：那人还没回来。

目前还无法预测情况将如何发展。

这时，艺术家突然出现了。他从门廊缓缓走进来，身旁还有两

175

位护送他过来的当地人，都撑着雨伞。两个当地人在门廊处匆匆忙忙地说了声"再见"，看来像是又急着赶往某处去了。伊万·克诺诺维奇在前厅俯下身，用扫帚清理着鞋子上的污泥，直到刮掉了泥土，他才进到小屋里。他身姿笔挺，体格匀称，与他的年龄不太相称，看起来他好像年轻了一些。他像在舞台上那样向人们行鞠躬礼——先对着一个角落，然后对着另一个，最后才往柜台走过去。

"我们考勒琪玛①的女主人还是这么年轻、漂亮，像一朵盛开的鲜花。"他和蔼可亲地向汉努霞问好。

她的脸红了，就像绽放的花朵。

"您吓到我们了，伊万·克诺诺维奇，"她拉长声音说，"这么恶劣的天气，路又不通，你还走……"

"与当地人一起，不会迷路的，"伊万·克诺诺维奇夸耀着说，"想象一下，他们居然用拖拉机把我带上了高速公路！"

"干得好，我的同乡们！"汉努霞说。

"说实话，为了我这样一个无关紧要的人，安排一台拖拉机，我有点惭愧。"

"干得好！干得好！除此之外我还能说什么呢？"汉努霞说得很确定，"您想喝点什么热饮吗，伊万·克诺诺维奇？"

"有冰淇淋吗？"他开着玩笑，"我想尝试一下，我喜欢冰淇淋。

---

① 考勒琪玛：乌克兰十月革命之前对茶馆、休息站之类的地点的称呼，一般设在农村中心广场、教堂附近、路边等地。

但我几乎不能承受这种美味，我害怕咽喉疼……"

"我知道您喜欢浓茶……也许再来些度数更高的东西？"女招待调皮地挑了一下眉毛，"怎么样，要吗？"

"好吧，考勒琪玛的女主人，不要诱惑我！我和他在一起，"伊万·克诺诺维奇对站在旁边的司机点点头，"路上应该禁止……所以，来杯茶吧，汉努霞，你不介意吧？"他和司机正好坐在司机刚才在柠檬水面前萎靡不振的那张桌子旁边。

"您这种性格……还好这次没事。"司机说。乘客安全回来后，他安心了，甚至有点骄傲了，他看了看周围的人，好像在说：你们看，我在跟谁打交道，我的乘客是谁……

汉努霞给他们端来了意想不到的东西，烫得简直没法立刻喝下去的热茶，里面还放了柠檬片。她怎么弄到柠檬的？

"慢慢喝吧，伊万·克诺诺维奇，我猜您应该被冻坏了吧？"

"哦，我其实还感觉很热。"艺术家解开他的小外套，散开围巾，露出脖子上的领结。也不知道为什么，汉努霞总是很喜欢他的蝴蝶结。

他们两个不慌不忙、小心地喝着热茶。出租车司机不觉得匆忙了，他可以尽可能久地坐在这个小酒馆里，在众目睽睽下，跟这位罕见的乘客待在一起。

伊万·克诺诺维奇喝茶暖身的时候，那些来自糖厂的男孩都带着毫不掩饰的喜爱之情注视着他。艺术家喝完茶打算起身时，那些家伙立即跑到放餐具的橱柜那儿，其中一个，留着刘海，个子很高，皮肤黝黑，向汉努霞眨了眨眼睛，说：

"好吧，你在那里藏着什么令人惊喜的礼物？"

酒吧女招待在帘子后面找了一会儿，打开电唱机，整个大厅内响起了歌声：

> 夜莺在歌唱，嘹亮又低婉
> 它们的歌声在你的灵魂中徘徊
> 亲吻，亲吻，亲吻她，快，
> 青春不会再回来！①

他音调很高，声音像是在云霄之外，整个大厅都散发着春天的气息。这个星光璀璨的夜晚，在场人的目光都转向了他们的人民艺术家。他本已打算离开了，但又停在门槛上，低头陷入沉思，表情很悲伤。他听着自己的声音，那是遥远的声音，好像来自他的青年时代。

男孩堆里突然喷出了香槟，那位皮肤黝黑、留着刘海、眼神欢快的小伙子，向前走了几步，递给艺术家一只满是泡沫的高脚杯：

"不要嫌弃，伊万·克诺诺维奇，请不要拒绝，请……"

艺术家真诚地看着这里所有的同伴，慢慢举起杯子，对所有人轻声说：

---

① 出自诗歌《夜晚的魅力》，作者为乌克兰诗人、作家、话剧家亚历山大·奥列西。

"来吧，干杯！"

他喝了一口，再次做了一个欢迎的手势，仿佛是在舞台上向大厅一侧行鞠躬礼。他又向汉努霞微笑：

"谢谢，考勒琪玛的女主人，感谢所有的一切。"然后他随出租车司机往外走去。

在门廊上，上车之前，他裹上围巾，静静地站了一会儿，听着夜晚树顶的风声。

他们行驶在高速公路上，出租车司机给了他一块破布，尴尬地说：

"我这里有毯子，拿去，盖着腿吧……"

"哦，正好。"艺术家回答说，然后他们沉浸在各自的世界里，默默前行。

"请问，"出租车司机过了一会儿才说，"您能唱些什么吗？哪怕只是一点点，或者只是轻哼几句？"

艺术家没有立即回答。他好像正在考虑一些什么严肃的问题。

后来他开始轻声歌唱，声音满是感情，好像在唱给远方的人：

亲吻，亲吻，亲吻她，快

青春不会再回来……

在汽车前灯的照射下，蒙蒙细雨夹杂着雪花飞舞起来。

一九八四年

生活在地雷上

战争①还没有结束，但拖拉机已经开始在这片土地上喧嚣起来。机组人员：一名拖拉机手，从前线回来后他变得一瘸一拐的；和他一起的，还有两个小家伙，都已经十五岁了。像发放奖励一样，组长给了他们一辆拖拉机，安排他们开始工作：其中一人朝一个方向开，然后换第二个人朝另一个方向开。

这次该伊戈尔操控拖拉机了。这男孩坐在方向盘后方，成年拖拉机手则站在机身的侧翼位置。

无垠的田野在前方蔓延，杂乱无序的野草在这里潜滋暗长，一望无际。男孩心情很好，天空很蓝很平静，蜘蛛网在晴和的初秋悠然飘荡到他眼前……一匹疲惫不堪的马驮着燃料向他们走来。它缓缓靠近他，并用悲伤的目光看着他。

他没有听到爆炸声，只听到一声铃响，仿佛一口大钟在头顶炸裂，并吞噬了一切。当他回过神来的时候，觉得只看到红色的绷带！

---

① 此处指"二战"。

什么情况？是谁的绷带？

随后他意识到：那匹马带着断腿逃开，鲜血流淌在田地里，让他以为是红色绷带。

没有手了！但手就在他旁边啊。他尝试把手放回原位……也没有腿了！另一只也没有！只有白色的骨头露出来。他挣扎着，慌忙向着成年拖拉机手挪动，尽管这位拖拉机手带着被炸裂的胸膛躺在田野里。然而男孩仍然认为，或许他会得到成年人的帮助。

没能爬过去。他倒在田地里，昏了过去。

后来，他感觉一个女孩朝他弯下身子，是那个，他知道，疯狂地爱着他的女孩。她飞快地做了些什么，虽然他不明白有什么用。但现在他确定自己会活下去了。这个厨师小玛丽①从营地骑着马仓皇赶来（她听到了地雷的爆炸声，看见黑色的烟柱升起），跪在伊戈尔旁边。她撕碎了围裙来固定夹板，然而似乎从来都没有人教过她这些！

她挽救了他的生命。

"她带回了我已逝去的灵魂。"他后来总是这样谈及小玛丽。

年轻会赋予他力量，之后他甚至可以独立行走，尽管在某些人看来，他身上的修补物远远超过肉体。

他去参加培训课程，之后在区中心做一名会计文员。

他回来时很开心。在俱乐部一看见小玛丽，他就开玩笑地告诉

---

① 小玛丽是玛丽娅的昵称。

那些男孩：

"这就是她，一个救世主！上天把她赐给了我，如果不是她的话，那么，我在很早以前就变成一片草地了……"

某晚，在俱乐部，他强行拦住了这个女孩。他们独处时，他问道：

"我没有吓到你吧？你愿意嫁给我吗？"

人类的怜悯与爱情是如此相似，有时甚至无法区分它们。

她成了他的妻子，并在她的付出中感受幸福。她以惊人的耐力照顾着他，她快乐而轻松——这也许就像年轻的母亲每天照顾她们年幼的孩子一样。

就这样，持续了不止一年……

然后有一天，当他回到这里时，他对自己的救世主说：

"亲爱的玛丽娅，世界上没有什么是永恒的。"

他就这样抛弃了她和孩子，简单地说，他为自己寻找到了另一个女人。

一九八五年六月二日

暗黑峡谷^①

　　当海达马克^②被来电唤醒时，天还是黑的。他总是把电话放在床边。现在他接起电话，是紧急来电。彼得·德米亚诺维奇握着电话，打开落地灯，一边听着，一边不时答上一两句。

　　他的妻子卓娅^③·德米特里耶夫娜也醒了，她早就不再为这些深夜来电惊讶了。没办法，这就是他的工作。如果某处天空裂了口子，他们也会召唤海达马克同志去救援，去采取措施，去修补……即使是新年前夕，其他人都手持香槟、听着钟声的时候，彼得·德米亚诺维奇也不得不从桌边站起来，因为城市的水管管道破裂了，所以他务必把一切都抛之脑后，赶紧去挽救局面。那天他也确实就

---

① 此处指巴比亚尔（Babi Yar），又称"娘子谷"，位于基辅西北部，卢基杨尼夫卡和希列兹地区之间。巴比亚尔是"二战"期间大规模处死平民和战俘的地方。本故事背景为一九六一年三月发生的一起人为灾难事件，当时娘子谷堤坝被地下水冲毁，泥石流淹没了附近的库雷尼夫卡市区，造成多人死亡。
② 海达马克为姓，全名为海达马克·彼得·德米亚诺维奇。
③ 卓娅是索菲亚的昵称。

这样去了，走了足足三天都没回家，让妻子一通胡思乱想……

卓娅·德米特里耶夫娜其实很高兴她的彼得·德米亚诺维奇这么受欢迎，他的下属和同事都很尊敬他。有时她会听见他们说："我们的德米亚诺维奇真有力量啊……今天他是市长的右手，明天……"同时富含深意地竖起大拇指。在这种时候，卓娅·德米特里耶夫娜就会立刻觉得很开心。

紧急来电跟彼得·德米亚诺维奇在暗黑峡谷修筑的工程有关，那是他一生最重要的建筑。似乎是某些水域出现了危险，而最有力的水泵又正被其他地方占用着……真糟糕！

妻子很焦虑。

"千万不要惊慌，"他安抚电话那头的人，"立刻赶赴现场！我很快也会赶到……"

看来彼得·德米亚诺维奇这次一去，又会是一整天。这么早打来的电话，说明情况一定相当紧急！

但是看到丈夫缓慢地走进浴室，开始刮胡子，她稍稍平静了些。如果现场情况那么危急，他才不会拿起剃须刀呢。

所谓"现场"，就是暗黑峡谷。

前一阵子，彼得·德米亚诺维奇带着一帮人为那条恶心的深谷修建堤坝。卓娅·德米特里耶夫娜曾以为这将是丈夫的不朽之作，但并不是每个人都像她一样为此着迷。显然他的一些想法越过了理论的框架。他考虑得并不是很周全。

即便只是做做面子工程，日后也一定有人要为此"买单"。为这个项目能实施，他已经付出了很多努力，最终才让它获得批准，得到实施的许可。如果有反对者出现，海达马克就立刻"镇压"他们。比如曾有一些人要求"群众鉴定"，结果他无情地嘲笑了那些人。在海达马克身边，怀疑者是没有立足之地的，只有那些毫不怀疑的完全顺从的人才会被留下来。卓娅·德米特里耶夫娜偶尔也为该项目做点贡献，比如必要时给予有需要的人以迷人笑颜……工程简而言之，是修建连接沟壑两岸的高大坝体，这座堤坝将轻松跨越整条峡谷。附近几个砖厂也一直往堤坝上运送泥浆，以便在扇形截面处填充成水泥冲积层，也因此，堤坝的根基是建在以前的垃圾场、椴木丛林间的悬崖绝壁上的，甚至也可以说是建在昔日的王孙贵族们捕捉狼群和野猪的狩猎场上的。这也意味着它将被永恒的阴影笼罩。

水位上涨后，峡谷实际上将不复存在，悬崖和深渊会消失，新的土地上将会按规划出现一座公园。公园内会有一个人工湖、一个射击场，还会有一些游乐设施。梦想的巅峰则是一座巨大的伸向天空的摩天轮。这就是彼得·德米亚诺维奇长久以来的计划了。

从图纸上看起来，一切都很容易，而现实中却需要耗费多少精力啊！也许只有卓娅·德米特里耶夫娜知道，她丈夫付出了多少心血。他不停地忙碌，或许是因为一些计算出了差错，或许是因为推土机在某个糟糕的时刻于峡谷内开了工，也或许，只是因为冲积作业开始的时间，从星座学上来说是不吉利的？

他身材修长，留着如查理·卓别林一般的黑胡须，穿着法式短外套，戴着一顶漂亮的毛皮帽（他的妻子曾在一位歌剧艺术家脑袋上看到过同样的帽子）。他站在家门的门槛上对妻子说：

"我走了。"

妻子看他看得都出了神。确实，这白白的脸蛋儿，这黑胡子……她希望他那些女领导、未婚女士，还有他未来的女同事，别把注意力放在他身上……

"要去很久吗？"

"到那儿就知道了。也许只是没必要的焦虑罢了，我们的人总是这样……别担心，亲爱的。"

一个温暖的挥手告别，之后彼得·德米亚诺维奇立刻变得严肃起来。他就这样围着颜色鲜亮的围巾，穿着新皮鞋，消失在门后。

一辆服务车已经在海达马克家门外等候。上车前，他的目光掠过河流，看见了群岛后方。在那儿，地平线明显变亮，天上的晨星像一颗颗钻石闪闪发光，它们硕大的棱角就像某种天体的碎片。

"今天我和你一起当早起的鸟儿。"彼得·德米亚诺维奇坐在司机旁边，半真半假地说着，声音听起来很快乐。他下令：

"去现场。"

"我们怎么走？"

"从下面的路过去……"

司机是一个留着红色胡须、身材瘦长的家伙，在路上他试着谈论昨天的曲棍球比赛。尽管彼得·德米亚诺维奇也是球迷，但这时他只是挥了挥手：今天不是谈论曲棍球比赛的日子。暗黑峡谷——这个毒瘤，已经完全把他的思绪占据了。

车在低处的道路行驶，那座建筑清晰可见。峡谷底部凹凸不平，穿过河道，堤坝就从棕色的自然景观中脱颖而出了。堤坝坐落在山坡的上方，格外引人注目，就像是单独镶嵌上去似的。外行人是完全没法明白那道灰色水泥墙存在的意义的。它就是海达马克梦想的建筑了。有时他会开玩笑说，这就是他的"阿斯旺"①。砖厂的泥浆第一次运到这儿来的时候，海达马克甚至感到一种类似欣赏美术作品的兴奋感。站在那里，看着峡谷底部如何被泥浆缓慢覆盖，一切都正如他所想，永恒的沉积就这样形成！大海底部的积层持续了数百万年才得以形成呢，而在这里，一切都在他眼中，取决于他的意志……在这里，它们就是他的"中生代"！

挖泥船开凿堤坝已经一年多了，峡谷上游的工作也在进行中，但也只是草率行事。在随时间推移本应出现一座有秋千、射击场、游乐设施和摩天轮的公园的地方，市民们目前看到的只是一个巨大的"漏斗"，且只有底部一部分被填满了。上万吨的也许只能说是浑浊泥水的东西，或者更确切地说是泥浆的东西，正从邻近的砖厂被运到这里来。

得用强有力的泵持续抽出多余的水，再把它们通过排水沟排走才行。但是好像问题就没断过似的：技术不协调的问题、普遍的漠不关心和疏忽的问题……海达马克有时甚至绝望地想：是否还有可能突破官僚主义和形式主义的阴沉沉的壁垒呢？

---

① 此处指阿斯旺水坝。

在这种情况下，人很容易变得迷信起来：也许这都是因为他真的选了一个不祥的时刻开始与暗黑峡谷竞争？也许那真的是一个很久以前就被诅咒过的地方，正如老人们曾以为的那样？

海达马克就在这条峡谷附近长大。人们过去传说，这条暗黑峡谷里住满巫婆和巫神、各种各样的树精、各种鬼怪幻化而成的神秘美女、类似集市马贼的当地恶魔。他们于库帕拉之夜[①]，在幽暗的峡谷举行派对。小佩特鲁斯[②]在这样的夜晚也克服了恐惧，跟着一大群当地男孩跑进峡谷中。他们都希望窥视到在这样一个可怕的时刻里，峡谷深处到底在发生着什么——是午夜的巫术吗？黑暗中，他会遇见飞舞的萤火虫并让它们停留在掌心，有时他会听到脚下传来刺猬的呼噜声。他们欢快地穿过树林，惊醒了夜间的鸟儿。在古老的椴木丛林里，朽烂的木块上若隐若现地生出一些发光的蘑菇。野猪也被这些神奇的光线惊吓。如果是某些富有幻想力的小家伙，就会很容易观察到峡谷深处那些绿眼睛闪闪烁烁的、毛茸茸的黑色幽灵。这些生物看起来就像火星人一样，也或许它们就是火星人，要不就是巫神和他们毛茸茸的长生不老的朋友在密林深处通婚的后代吧。

---

① 库帕拉之夜：指伊万·库帕拉节，又称伊万诺夫节，是一个宗教节日。俄罗斯、白俄罗斯、波兰、立陶宛、拉脱维亚和乌克兰会在夏至这天庆祝该节日。
② 佩特鲁斯是海达马克·彼得·德米亚诺维奇的昵称。

这都是以前，而现在他做的这一切——改造峡谷，打破所有与树精有关的迷信，扎实打造一片文化场所，建造一个适合劳动人民休息的地方——他确信自己不应该为此感到耻辱。

但即使最亲密的人有时也会因误解变得冷漠，事实上就连他的父亲都不接受他的工程！父亲退休后厌倦了在家的日子，于是要求去车站当守卫，过与退休前一样的生活。父亲的老房子与峡谷上方的一处斜坡紧邻。父亲也会在家里慢悠悠地做些木工活。彼得·德米亚诺维奇是孝子，他时常去探望老人，但每次相见，父子间总会发生令人厌烦的争吵。每次他都得保护他的大坝免受父亲的攻击，这条大坝简直就像他和父亲之间的银河一样。有一天晚餐时，父亲当着亲戚们的面，说起自己的妻子已经病入膏肓的日子。那时候整整一天，她都不得不枕着枕头、躺在阳台上。就这样她才第一次发现，当暗黑峡谷被隔断、山上的一片天空被"阿斯旺"遮蔽时，当地的日落就提前了。这意味着对当地人包括他母亲来说，白日的时光就变得更少了！尽管母亲并不想让儿子受苛责，但他终究还是从他父亲的口中知道了这一切。母亲发现的关于日落时间的问题，被他视作一种责难、一种严重的不可饶恕的罪过……

当时，彼得·德米亚诺维奇对他听到的东西深感震惊，他感到灵魂里满是内疚。他决定用手中的测时计，亲自测试被已故的母亲抱怨过的事。事实证明，她是对的。大坝落成后，太阳在峡谷尽头隐没的时间确实会比以往提前几秒钟。虽然只是丢失了些许光线，虽然只是一些瞬间被隐藏，但事实就是事实……不过，难道这就值得他的父亲以他生命中最珍视的人——母亲——的名义，来质疑他吗？

不光父亲不能接受失去一些日光、失去熟悉的景观的现实，还有姐姐波利拉·德米亚诺夫纳也是。姐姐在学校当老师，她总是站在父亲那边。这就是她，每次发生冲突时，她都会站在象征堡垒的那一边！

"我相信你的能力，彼得，"不久前，她说，"但你怎么能忽视所有这些生活在峡谷下游的人的意见呢？为什么要在我们头顶悬着百万吨的污泥呢？还有你所谓的'未来的摩天轮'到底是给谁的？"

"给人看的！"

"给哪些人？"

"现实生活中的人。"

"但愿是这样……有时看起来，兄弟，你更关心那些虚拟的人。那些抽象的东西挡住了你的眼睛，而我们这样在现实中活着的人，你完全看不到！"

所有这些东西，他都得听。想想它们来自哪里就能理解了，全来自他最亲近的人啊。

他姐姐还坚信，虽然他在暗黑峡谷的斜坡长大，但他已经回避了自己的过去。他不尊重故乡，如今只是追逐名利。那些没完没了的会议，让他再不能闻悉村庄的语言，也再不能聆听那些如喃喃细语般的流水的声音了——这些声音仿佛在他们的孩童时期就从峡谷底部的水源汩汩流出了，就这样亲切地汇入他们的灵魂，汇入他们纯洁的心灵……

算了吧！没人敢责备他忘记了什么、背弃了什么，没人敢责备他变得冷酷无情和官僚化了。现在他确实更在乎一些别的东西了，但那些遥远的闪光之物，也会常常浮现于记忆，不是吗？他忆起儿时，库帕拉之夜满是欢乐，满是猛烈的焰火。男孩们往暗黑峡谷黑暗的灌木丛林里钻，哦，甚至，还有初吻，让还是小男孩的他在峡谷底部的小溪边沸腾起来的初吻……如今那条小溪早就干涸了。因为这座城市后来的主人，用类似棉花的东西堵住了河口，这样水就不会流向下面的街道，以至淹没道路和有轨电车了。那些小溪虽已消失，但它们的灵魂一直都还在的，不是吗？

当然现在不是考虑小溪的时候，也不是感慨的时候，更不是沉浸于美妙回忆的时候。

对面山上矗立着一座大教堂①，教堂优雅迷人，似乎是由空中那些冉冉升起的光线编织成似的。他那座灰色的大坝在一旁相形见绌，完全无法与之媲美。不过堤坝还是体现出一种现代的美感，比如让人品味出科技革新才能产生的某种强大的力量感，尤其是当你抛弃成见去看它的时候。

他的妻子认为，他的原创作品迟早会被世人接受和欣赏，迟早会像巴比伦的空中花园一样永存于人类的记忆。当然，这只是妻子的一句玩笑话。但从工程学的角度来看，这东西确实物有所值。根

---

① 指基辅基里尔教堂，建于十二世纪，其壁画尤为有名，包括十九世纪俄罗斯著名画家米哈伊尔·亚里山大罗维奇·弗鲁贝尔（Mikhail Aleksandrovich Vrubel）的作品。

据他的计划，堤坝将稳稳地越过暗黑峡谷的咽喉地带。遗憾的只是，眼下并非一切都呈现得如同图纸一般精确，不可预测的状况一直在出现：与图纸不一致，缺乏沟通，与官方争吵，甚至只是个别人的疏忽……不管怎样，他相信自己的大坝终将会支撑起上方的湖泊，届时它自会嘲笑那些怀疑者！总有那么一天，它的落成会让那些人相信，这个建筑并不是只存于朝夕，它会永恒屹立。

但是所有的一切都像是战斗！煽动者并没有绝迹，每一张嘴都孜孜不倦于蛊惑人心。他父亲的一位朋友，一位名叫斯卡坤的电车检修人员，每次召开执行委员会议时都会提到"暗黑峡谷问题"。会议参与者早习惯了这个机务段的"西塞罗"①。只要斯卡坤举手发言，大厅就会立刻沸腾起来。他们中的一些人会提前将脖子缩回去，而另一些则恰恰相反：

"好吧，会议要开始热闹起来了……"

斯卡坤有时真的跟吃了火药一样！他尝试使用一些古老的说辞，曾有一次，他跟海达马克说话时，甚至连《圣经》里的"报应"都扯进来了，当时就立即在大厅引起一片欢快又嘈杂的唏嘘声。如果彼得·德米亚诺维奇可以的话，他会让斯卡坤清楚他的位置，让他搞明白什么是自知之明。其他人都小心翼翼地两手叉腰给过他暗示了，但这人完全置之不理，他直抒胸臆。会议室里，一个人"已经完全忘记了他应该做的事情"，另一个人也只"考虑自身的利益"，

---

① 西塞罗：罗马共和国晚期的哲学家、政治家、律师、作家、雄辩家。

还有一个长舌姑娘除了阅览文件和修剪指甲以外，别的什么东西都不在乎……会议流程已经结束了，但斯卡坤仍然在人群中继续坚持陈述，他说的最辛辣和讽刺的问题还是关于暗黑峡谷的：为什么这个项目没经市民们自己讨论过呢？到底有谁会需要它呢？既然它已经开始了，那么技术监督怎么这么马虎呢？而原因嘛，海达马克认为，只是对斯卡坤这样一个喜欢凡事万无一失的人来说，被打入大坝体内的桩看起来似乎并不是很牢固……斯卡坤就是这样一个典型的批评家，海达马克也必得忍受他、倾听他，绝不能打断他正在挥洒的唾沫星子……

简而言之，海达马克属于那类生活中布满荆棘的人。虽然他像机器人一样工作，但可能仍需一个漫长的世纪他才会等来赞美。因为在城市里生活的人就是这样。对他而言，城市里那些地下公用设施和排水系统错综复杂，随时都可能需要紧急抢修。但坦白说，他其实还挺喜欢这些紧急任务的，虽是麻烦事，但他乐意与周围人共处于一种精神高度紧张的状态。毕竟，适度的精神压力会促使人们永不停滞地向前迈进。这个时代更是需要数倍的压力来督促人们加速生活的步伐。嗯，妻子能明白这一点就很好。他想起那次新年的紧急任务后，三天没回家过夜的他回到家中时，耳边立刻传来妻子兴奋的尖叫：

"哦，我的英雄！你的脸瘦了好多，身上也瘦了，但是好像还变得更年轻了！"

回忆起当时焦虑不安的妻子，彼得·德米亚诺维奇在不知不觉中忍住笑容，他不想让司机发现。

这时有电车驶过，他们不得不在红绿灯前等候。有轨电车慢慢沿轨道掠过，海达马克看见他那顽强的对手——斯卡坤，就立在电车车门的位置。斯卡坤戴着护耳帽，手里提着购物袋。他那张脸就像老女人的一样，他还有一双水汪汪的大眼睛。他远远地认出了海达马克。就连这种时候斯卡坤都拒绝保持沉默，在电车的咆哮声中，斯卡坤吼道：

"彼得，这是要去看你的堤坝对吗？竹篮已经打满水了吗？"

这般带有讽刺意味的晨安问候，让彼得·德米亚诺维奇感到极度受挫。他特别敏感于这个"竹篮打水"的荒谬比方——这些人太不像话，就好像他所做的一切都不是为了他们，而是为了某些虚幻的人似的。

虽然这只是一件小事，但之后，哪怕是渐渐忘掉"竹篮打水"的嘲弄之后，彼得·德米亚诺维奇也突然感到焦虑起来。他能感觉到，这焦虑来自灵魂深处。斯卡坤怎么能这样堂而皇之地嚷出"竹篮打水"呢？真是唐突。这荒谬迂腐的比方，明知道是无稽之谈，他却没法释怀……

实际上海达马克对自己的项目偶尔也会萌生一些疑虑。这些疑虑就像蠕虫一样潜藏在意识深处，在他内心深处某个地方蠢蠢欲动：这会是白费力气吗？真的迫切需要这个大坝吗？

没人知道他的疑虑，就连他的妻子，也没察觉到。在他深夜醒来的某些时刻，他只是独自默默地解决内心疑难，默默权衡所有利弊：

是不是最好不要动暗黑峡谷呢？是不是就该让它继续变成垃圾场呢？

在久远的从前，山上是没有大教堂的，但某个世纪，大教堂就这么横空出世，改造了这整片景观。难道现在时间已经停止前行了吗？人类已经不再对自己提出日新月异的要求了吗？

推土机迟早会抵达他的暗黑峡谷。他当然是在这里长大的，这片地域的气质也尚未完全从他的灵魂中消散。那么，也许，在这种情况下，最重要的还应是战胜自己吧？因为只有一个人已然超越自我、克服自我的情绪，才能找到新的力量遏制那些源于童年的声音。那么好吧，他想，假设我在某阶段突然犹豫了，这会改变事件进程吗？他觉得大坝越来越不遵循他的意愿，在某些时刻它就像有意识般，自行其是。但毕竟已经有这么多人力、机械，还有大把的金钱涉及其中了。简单说，他没有回头路了。为什么不能放下疑虑呢？

他在某些科幻作品中见识过一些离奇的事，比如机器人开始造反，摆脱人类的控制，他想，难道我不会处于那样的境遇吗？我得记住，别让我自己创造的东西把我扔下马鞍……

这毋庸置疑，并不容易，然而现在谁又容易呢？

生活不断地编织出一些戈耳狄俄斯之结[①]，你完全来不及将它们砍断。生活的空隙里常闪现不可预测之兆，并会自行调整发展。比如，他需要强大的泵，但是没有，而且排水系统也不牢靠，还有

———————————

① 戈耳狄俄斯之结：典出亚历山大大帝在弗里吉亚首都戈尔迪乌姆时的传说故事，一般作为使用非常规方法解决不可解问题的隐喻，形容非常棘手的问题。

技术监督的那些人，每次都得费劲地跟他们解释情况。彼得·德米亚诺维奇突然萌生一个想法：这时候如果不用他亲自出马事情就能解决的话，那该多好。这也是他第一次不愿跟他的"阿斯旺"会面。

他的思绪回到现实中，司机正风驰电掣地开着车，一路绿灯到底，通畅无阻……

这本是多么美好的早晨啊！初春三月，河面的浮冰已被河水撑起来，疯狂而欢快地发出噼里啪啦的声音。岛上的尖叶柳几乎都被春天染成了红色。而他却必须去那个有一堆烦恼事等着、有很多事务麻烦着、有很多冲突等待解决的地方。

他会严厉地批评一些人，再一次次调解砖厂跟协作单位之间的纠纷。

好吧，责任已经落在我的肩上，彼得，这就是你的人生啊！

经过一座矮小的、圆形的、像万神殿一样的建筑，那是电车机务段。彼得·德米亚诺维奇想起儿时，他就是来这里迎接他的父亲的，他感到灵魂深处立刻涌起的暖流，他意识到在这儿他并非一个陌生人，毕竟对他而言，全部工作正是从这里起步的。

他让司机停在古老的广场上的报亭前，自彼得·德米亚诺维奇有记忆以来，这儿就一直铺有地砖。虽然从这里往上看是观测这座建筑最好的角度，但客观来说，他依然无法忽略同样高耸于山顶的那片金顶建筑群——教堂似乎轻轻飘浮于清晨的云际。而他那座仿佛立体主义时期风格的灰色混凝土建筑，宛如蜷缩在教堂侧边的托架。大坝右侧，峡谷向远处伸展，越往远处越小——那里就是峡谷的最黑暗处了。峡谷的尽头，仿佛被巨大的"瀑布"挡住了。这"瀑布"不是别的，正是他那座形似盾牌的灰色大坝。那"盾牌"会非常厉害！尽管现在，在它下游居住的人们只会感觉它好似把天空给拦腰截断了，但时过境迁后，他们将不胜感激，因为成果终将显现。尤其是当那座公园，当未来的塞米勒米斯花园，将大坝上端变得绿意盎然之际，整座建筑都将苏醒。

眼下即便站在低处，他也能仰头看见微小的人影在大坝周围徘徊。这些人影让彼得·德米亚诺维奇的内心平静了一些。因为如果还有人在那里活动，说明暂时没有任何威胁。他猜可能只是局部出了问题，可能因为春汛，大量的水渗入坝体，再有少量水溢出。这种情况去年春天其实也出现过，但并没造成任何危害。

是阳春三月，他轻松地吮吸着清晨新鲜的空气。这时，一个残疾人走近报亭，他显然没认出海达马克同志或根本不知道他是谁，也许认为他只是清晨来这里旅游的某位游客——游客有时会独自或结队出现在这里，站在位置偏低的小城眺望山顶风光，并用相机捕捉那些无与伦比的美景。

"这里，这就是那个暗黑峡谷，"残疾人说，他显然想为彼得·德米亚诺维奇介绍些情况，"当时那些狗娘养的法西斯，在那儿枪杀群众……"

"我知道。"海达马克恼怒地回应道。这事不需要谁给他解释，他比任何人都清楚。他很清楚占领时代的悲剧与暗黑峡谷相关，尽管在这些事件发生时他还是一个孩子。

"当时那里发生了那么多恐怖的事情，而现在……"

"什么'现在'？"海达马克突然爆发了。

"现在就弄了这些面子工程！"残疾人脱口而出，"居然将这么大的沉淀槽修在我们头顶上！"他点燃香烟，皱着眉头往暗黑峡谷的方向看过去，用恼怒的语气补充道："现在有数百万吨土壤正慢慢被春汛的水侵蚀，有人考虑过这些问题吗？"

海达马克在报亭拿了一份早报，怒气冲冲地对司机说：

"去亚鲁日娜街！"

汽车冲了出来。

亚鲁日娜街是一条死胡同，只能通向那条幽暗的峡谷，此外不能通向任何地方。这条街是海达马克最喜爱的，因为这是他童年时生活的街道。弯曲的街道现在还没铺上地砖，它在陡峭的峡谷间、在被时间熏黑的木屋间、在郊区的舒适庭院间延伸。它是电车司机、铁路工人、渔民和其他劳动人民的定居之地。这些古旧的房屋有雕刻的门廊，樱桃树之间拥挤着一些破旧的小棚屋和砖窑，还有时日长久变得暗淡无光的鸽舍，不知道那里还有没有鸽子。

然而，他现在看到的所有一切似乎都只是处于平静等待的状态——等待专业人员前来测量，然后将它们拆除，再将它们的主人迁移到其他地方，比如迁移到河对岸的新区，然后人们就可以生活在冲积形成的沙地上了。

除彼得·德米亚诺维奇之外，很少有人知道这样的规划已被列入日程，只待实施。毕竟也不是人人都清楚亚鲁日娜街的历史的。

沙皇时期的革命者就在这些寂静的屋所内秘密接头，甚至其中一个酒窖里还藏着一家地下印刷厂——这些传说都是小海达马克童年时听老人们说的，他常常为此感到自豪。不管怎么说，他也是这片工人住宅区的后裔。这片住宅区经历了所有的暴风雨仍幸存于世。这里的人们即使在各种严酷的困境中也并没失去心中的温暖。实际上，这里是唯一对他来说偶尔还会产生一点吸引力的地方了。他母亲还在世时，这个地方就令他格外神往。只有在这里，精神压力过大的他，才能感受到真诚的同情；也只有在这里，他这样一个成年人，才会被人以昵称相称——简短而深情，让他感到无限的宽宏之心——并且他在这里从来没有被要求以回报。也许母亲真的很伤心，当她看到这条峡谷的变化的时候，或许她真的不喜欢这条穿越峡谷的"城墙"从无到有地生长起来，直到挡住天空。但是，谁又能够预测到呢，预测到这样一个小细节呢：大坝会影响山下工人住宅区的光照，大坝将遮蔽其中某小束光线？

不，现在最好不要去想这个……

彼得·德米亚诺维奇打算去他父亲的小院看看。于是他们将伏尔加牌小轿车停在山下，然后他沿着小路走上山丘上的小径。这是他习惯的路线，他不止一次这样沿熟悉又陡峭的小路去到他的建筑跟前。

然而今天他的路线无法畅通了。大股水流正冲他扑面而来，沿着亚鲁日娜街哗哗流淌，灌满土路上每处坑洼。到处都滑溜溜的，"伏尔加"的车轮不时打滑，随后他们不得不停下来，因为狭路还被一辆红色消防车挡得严严实实；后面还有一辆，也是同样明亮的红颜色的车身，巨大的车体上到处都是软管，软管伸向狭窄的院子，其中一根软管像蛇一样穿过樱桃树，通向父亲的小院。

"着火了？"海达马克第一时间想到，但他没看到任何东西在燃烧。

消防队的负责人是一位脸色苍白的老者，眼睛下方挂着肿胀的眼袋。原来他认得彼得·德米亚诺维奇。据这位消防员描述，情况很糟糕。他们昨天晚上已经开始陆续接到消息，说一些住户的地下室和地窖被淹了，还有一些房子的地板也被淹了。他们只好不停地抽水，但水好像来自地下，眼下仍在不停地涌出来……

消防员悲痛地挥着双手：

"我们不明白，这些水到底从哪儿来的？"

"难怪，"彼得·德米亚诺维奇皱着眉头说，并尽量表现出不慌不忙的样子，他平静地补充道，"是春汛，很明显……"

"好像不仅仅是因为春汛。"这辆车后面的人表示怀疑。

彼得·德米亚诺维奇不由自主地哆嗦了一下，真的不只是春汛吗？那或许是被峡谷上方那座建筑物拦截的水，通过某个渠道从巨大的沉淀槽内渗透过来的？

可是这一切在之前都应该被考虑到了：峡谷被厚厚的堤坝隔断，填充泥浆，建造垫板，并将多余的水排入排水渠……淤泥、黏土迅速沉淀堆积，之后一切都大功告成、万无一失……本来就应该是这样的，不是吗？

"峡谷内垫板的设计就算经过了设计师认可，但它足够可靠吗？"这个惊人的念头第一次闪过他的脑海。

"难道是因为来自砖厂和春汛的水量，超出垫板能承受的范围，让垫板被水泡过又膨胀了？"

他必须赶紧去大坝。大坝到底发生了什么？他没进父亲的院子，父亲现在要顾及一些别的事务，而他也一样。父亲看起来十分忧郁，身上挂满串成圈的洋葱。洋葱串坠下来，垂在他过膝的钓鱼靴上。父亲正忙着把地窖里的粮食运出来。看到儿子在问候自己，他透过篱笆勉强点了点头，把洋葱串堂而皇之地挂在鸽舍的柱子上。父亲干的这些事，就像是为洪水到来做着准备一样，尽管洪水从未到过这地方。

"怎么？父亲，您是要搬到别的地方去吗？"他疾步经过庭院，装出若无其事的样子，说，"希望您这样不要吓到别人啊……"

"吓到别人的可不是我，是水，"老人挺着腰板说，"今天淹地窖，明天……这里就全是水了！"

彼得·德米亚诺维奇爬上陡峭的斜坡，心里越发觉得难受，他飞快地转向一条更陡峭的小路。他只能紧紧抓住灌木丛爬行，一步一步地往上爬，朝大坝前进。这片山丘仍无人居住，只有峡谷右侧光秃秃的山丘上，有一座低矮的白色建筑，那是革命前期建立的医院[1]。彼得·德米亚诺维奇对这片山丘的每处地方、每个高地和台

---

[1] 指基辅精神病医院。

阶，都很熟悉。在他从前很喜欢在那儿打排球的地方，他看见医院里有一大群人，都身着不甚常见的灰色大衣，指手画脚地在讨论着什么。那些人焦急地手指前方，指着悬在峡谷上方的大坝。

"他们是在那儿开什么会吗？"彼得·德米亚诺维奇一边不以为意地想，一边向斜坡更高处爬去。他下意识地想起自己那些同龄人，想起当年村庄里的那些男孩。男孩们还跟医院这些人有过往来呢，病人出来散步的时候，孩子们就去看望，病人们偶尔也会委托孩子们做些事情。佩特鲁斯当时也对病人充满了真诚的同情，让他感到震惊的是，那些人眼神里总是流露出某种悲伤。

虽然彼得·德米亚诺维奇的脚步很慢，但他也沿着陡峭山路逐渐接近他的堤坝了。距离越近，堤坝看起来就越大，就越显现出某种庄严。他走到跟前，仰视自己的作品，他想："不，我们建造这个东西并非徒劳无益。"他的灵魂此刻似乎被对成功的渴慕牵制住了，一种功名心油然而生。这种感觉完全覆盖了他原本的焦虑。虽然地貌改变，但从河对岸所有区域，都能清楚看到他的付出和成果啊。无论他们说什么，这座宏伟的建筑都自有其力量与规模，谁也无法将其夺走。

小路他似乎很熟悉，但实际上却又变化莫测，才刚刚爬上斜坡的顶端，却瞬间仿佛又被拽到峡谷底部。那里堆满生锈的罐头、破碎的瓶子和各种合成纤维的破布，有些东西显然是连火也烧不掉的。随后路面上再度出现解冻的黏土，道路变滑。有时为让他的进口橡胶鞋底不至于打滑，他不得不紧抓住为数不多的几棵长在斜坡上的大树弯曲的树枝，远远地他就看见了它们裸露着的粗大的根茎，似乎在竭力确保那些黏土和膨胀的土壤不至于流失。

小道附近，有人在做早操，是一名穿运动服的退休人士——佩烈忽达，他秃头，干瘦，彼得·德米亚诺维奇与他结识已久。做完下蹲动作后，他走到临近的一棵树前，又进行了几次力量训练，然后使劲推着那棵已经秃了皮的空心的树干，好像要把它从原地移开似的。

"让我们一起拥抱大树吧！"他向海达马克大喊印度瑜伽士的座右铭，以此向他问好。

"拥抱吧。"海达马克毫无热情地回应这句玩笑话，而退休人士则继续推着身旁那棵老树顽固的树干。

已是破晓时分，黎明的第一道曙光已然照亮上方的建筑。走得全身暖洋洋的彼得·德米亚诺维奇回转身，看见太阳从群山后方冉冉升起，在柳树林中庄严现身，宏伟壮观得令他震撼。是的，他感觉到了这一时刻的庄严。每当面对太阳，他都会奇怪地想到母亲。母亲的圆脸庞，母亲于悲伤中透露着微微的笑意的样子，对他来说，那就是世界上一切善良与爱的集合，是所有美好事物的化身。

他一度在娆霞①的支持下，动身前往地中海巡游，母亲当时处于弥留之际，她日复一日等他归来，盼望着见他最后一面。而他正背着相机在赫库兰尼姆和庞贝古城的废墟间无忧无虑地漫游，他看

---

① 娆霞为人名。

到那处经历过末日的地方，看到生命曾经热血沸腾却又刹那间灰飞烟灭的地方。海达马克或曾尝试想象灾难发生时那些古人经历过怎样的慌乱无措，其实他知道，因为后来的科学研究表明，那些人最终都窒息于火山灰下。

在暗黑峡谷的谷底及周边一些低洼地区，很明显有大量垃圾，卫生监察人员想必还没注意到这个问题。彼得·德米亚诺维奇留意着这事，继续向上爬，不时用目光估算自己还需爬多远。他之前可没想到这条已经解冻的小路会这么湿滑。他离得越近，越觉得堤坝在膨胀，且越显眼。那些倾流而下的"瀑布"挡住半边天空，坝体上此时到处都是污水冲刷过的流痕。水流在阳光下闪着光，急速流淌。

堤坝显然出了些问题，他能感觉到，而且越靠近大坝，他越感觉它好像真的膨胀了一样，让他不寒而栗。它在众目睽睽下增加着自身的厚度、重量，扩大着规模。

他这才仿佛第一次看清它似的。

他恍惚觉得自己拥有某种力量，让他可以大胆地用拳头吓唬它，向它展示自己的勇气。他想起那些勇士，就曾站在涅瓦河岸，站在圣彼得堡市的青铜骑士前，以威胁的口吻说着：

"走着瞧吧！我不怕你，女巫，虽然你有力量、有威力……①"

警报器在他下方某处发出尖锐的鸣叫。是消防车吗，还是别的什么？他猛然转身，看见山下的人们，然而，就在那瞬间，他头顶

---

① 典出普希金《叶甫盖尼·奥涅金》。

上的一切似乎都被这异乎寻常的轰隆声震醒了。

在强大的震动中，他看起来却一点儿也不害怕。

抬头仰望，海达马克还来得及看到，他的堤坝，就好像在一部慢动作电影里一样，渐渐地沉淀，向四处延伸着。而此刻，一条黑色泥土组成的"尼亚加拉瀑布"，夹杂着淤泥、泥浆和石头，伴随着恶魔似的隆隆声，开始飞流直下！

一切都失去了意义。一切都令人难以置信。

无数头暴怒的黑色雄狮咆哮着，飞奔而来！

他并没有被恐惧控制。带着满腔的怒火，他甚至冲向前方，朝着黑色的"尼亚加拉"伸开双臂。在他看来，它似乎不敢碰他。他似乎仍然希望凭着坚强的意志就能让它停下来。

但来自上游的泥浆，速度快得像火箭，奔流直下，洪水般滚滚而来，摧毁了路上的一切。

海达马克听到撕心裂肺的叫喊，是病人们在山上呼喊。此时他还来得及看清，那位退休人员匆匆地跑到树边，大声喊着，并如猴子般灵活，瞬间就爬到了树上……

海达马克本人呢，他彻底疯狂，他感觉自己已经脱离了现实。现在只需要奇迹，一个能立即出现的奇迹，能阻挡那个咆哮的黑暗力量的奇迹。

"这便是你修建的建筑，是因你的意志而出现的……这就是对你的惩罚！"这些混乱的想法搅乱他的思绪。火光在他附近闪过，爆炸震动了空气，泥浆堆积起来，恐惧终于控制了他——他突然明白过来：因为拆除了燃气变电站，燃气外漏，所以起了火。

咆哮声，隆隆声，电火花，树木连同根茎一起冲他飞来……

"跑！快跑！会被吞没的！"有人在山上的某处喊。

惊呆的他带着愤怒，带着灼热的羞耻感，赶紧跑向斜坡下方某处，那儿所有的人都在哭喊、逃窜，跌倒又爬起来，再跑……

恶魔似的隆隆声接踵而至，泥渣宛如火山岩浆。一条势不可挡的激流，冲向峡谷深处，冲着那些箱子、罐头盒、破烂的油桶，奔来了。而海达马克回头的瞬间，被冰冷的泥水击中了脸部。他呛住了，再被撞飞到某个地方。他的皮帽早已被卷进坑洼里。他被凶猛的泥水裹住。

海达马克用双手紧紧抓住干枯的树根，它像鹿角似的紧紧缠着他，同他一起陷入寒冷的泥浆。然后是突如其来的冰冷的巨浪，将他卷起，又推出去，直到推出了水面，仿佛只是为了让他再看一眼这个世界。

树木被碎浪拍打到各处，甚至是上空，然后再落下来。但受害者依然挣扎着，像溺水的人紧紧抓住那些树枝，也许他们到现在也没充分意识到发生了什么事情，什么力量支撑他从这汹涌澎湃的泥浆中挣脱出来。

在他浮出水面的时刻，他听到那些从山丘上传来的各种刺耳的尖叫，对他来说，似乎传递希望的声音也夹杂其中。冰冷的泥浆裹挟着他，伴随着噪音和尖叫，暴躁的泥浆将海达马克肆意地、疯狂地甩来甩去。他像木屑一样，漂浮在被冲毁的建筑围栏之间。他现在最害怕的是靠近灯柱与铁丝网。金属桶撞上他的肩膀，一块栅栏的碎片则击中他另一个肩膀，还有一些东西撞得他几乎以为自己已经耳聋，乃至视线也开始变得模糊，然后，世界消失了，世界没有再回来……

在此后很长一段时间里，这片郊区都流传着这个如幻境一般的传说，连现在尚未出生的孩子，以后也会听说。那些令人毛骨悚然的故事足以恐吓儿童。数百万吨的泥浆从顶部向下，冲过坍塌的大坝，所经之处人和东西无一不被泥浆裹走，因为泥浆的速度是可怕的，如炮弹一般凶猛……还有人会讲到，勇敢的士兵们如何救出受害者，如何用直升机将受害者从屋顶上接走。然而，死亡依然不能避免。被推翻的电车躺在铁轨旁，满车的乘客被掩埋在深达几米的泥浆下，得用挖掘机才能将他们挖出来。

而这些不是传说，是真相。真相令人惊讶，因为它听起来几乎是不可能的。甚至连山上医院里的病人，也赶到暗黑峡谷救人去了。他们把孩子们从幼儿园带到山上时，孩子的眼神里满是恐惧。他们用粗糙的大褂包着小孩，紧紧地抱着这些惊慌至极的小生命。

被病人救出来的彼得·德米亚诺维奇，眨了眨眼睛。他躺在山坡上，先想自己为什么会醒来啊。

"我又活过来了？他们为什么要救我？来自医院的患者救了健康的人？不，这可能是世界末日……"

他们——来救援的人，眼含惊恐，身穿湿漉漉的布满泥浆的大裤——站在他身边。所有人都非常激动，以一种难以接受的犀利的目光注视着这位陌生人。他们都刚从泥流中挣扎着爬出来，于是很惊讶他居然还能活过来；有些人走过来，紧紧盯着他，几乎不相信他的复活。

一个眼神忧郁的人问道：

"你害怕法庭的审判吗？"

不，他不怕法庭。最糟糕的事情已经发生了。他想做好事，却做了这样的坏事。但他仍然不完全相信所有这一切都在现实中真的发生了，而不是一场梦。他真的被泥流带到了一些不为人知之处，直面过死亡吗？但为什么是他得到这样的惩罚、这样的"报应"呢？父亲在哪里？已经逃出来了吗？他听见附近某处，穿越厚厚的泥浆，仿佛从很远的地方传来了对他这项"业余"项目的愤怒的埋怨声。

这时，有人通知大家，车站附近有电车车厢翻倒了，至于乘客，车内的泥土呛到了他们每一个……这是梦话吗？哦，如果他现在能沉入梦乡该多好！

多少时间过去了？片刻还是永恒？然而现在还是早晨，头顶上方，春天的天空依旧晴朗明亮，而在下方，像沙漠似的一大片陌生的灰色土地呈现在他眼前。果园没有了，街道也消失了，峡谷两边的房屋被埋没、冲毁，短短几分钟便被泥浆的漩涡吞噬了。一场来势凶猛的泥浆风暴，肆无忌惮扫过这片土地。他童年记忆中的整个地区，现在都寂静下来了，失去了往日风采。它宛如庞贝城一样沉陷在新鲜的淤泥之下，沉陷在刚刚怒吼、咆哮，而现在已经沉默、静止不动的污垢的重压之下。

　　他尝试着微微移动身体，而受到重创的身体感受到的沉重的疼痛，提醒着他，他还活着。

　　"你害怕法庭的审判吗？"另一个倚在海达马克身边的人再次问道。他留着红色的胡须，早已精疲力竭。他的声音透出真诚的怜悯。其他所有人都用锐利又凄凉的眼神盯着他，好像他来自另外一个世界一样。

　　从濒死的状态中活过来，他把目光转向山上的城市以及那座教堂。除了大坝，那里的一切都完好无损。

　　在峡谷上游，大坝曾经所在的地方，天空开始发亮，并闪烁着蔚蓝色的光芒，他觉得这仿佛是他童年时代的初始一样，仿佛是母亲馈赠与他第二次生命一样。

一九八五年

灰色的女人

整个海岸的人都知道这段历史悠久得像传说一样的故事。

故事是这样的：当时沿海城市都已经被封锁了，海军长官生了病，还受了伤。他本有机会乘坐最后一班飞机飞往战场后方，但是关键时刻他拒绝了这个机会。他把机会让给了山区游击队员带来的一名完全不认识的孕妇。

飞行途中，该女子得知那位长官虽然身患肺炎，但跟水手一起参加了很多次袭击战，所以上级特别批准，让他飞去陆地。他必须住院治疗。

女人听了这消息，泪流满面。她非常担心那位把生存的机会让给自己的人，他现在可能更加需要这次飞行。自从她得知这件事后，良心就一直受到责备。确实不可思议，他为什么要这样做呢？为什么让出这么宝贵的机会呢？他甚至可能因此丢掉性命啊。他使自己的未来陷入未知，而这一切仅仅只是为了一个陌生人。

"我该怎么报答他？"女人时不时这样问身边的伤员。

没有人回答她。

那位长官后来被困在集中营。在集中营，他只有一件破烂不堪的水手服，为他挡住肩膀和胸口的伤口和淤痕。法西斯们不可能发现这位体格健美的海员的真正身份，因为同志们坚持让这位长官换上了普通的水手服，这样他就变成普通人了。他跟集中营里别的俘虏，以及其他那些被强制带到这里的人，从外表看起来也没什么不同了。直到一段时间后，警卫才开始注意到，难友们对他有多么关心。他们刚开始在田间，也就是以前苏维埃农场的种植场里劳作，随后又在采石场一起工作。这些时候，难友们都一直在帮助他。还有人注意到，难友们都特别留心听他说每句话，他们甚至用自己的身体来掩护这位让他们心悦诚服的领导者，以确保监视人员那些挑剔的眼神不会注意到他，所以他是谁呢？他真的只是一个平凡人吗？就像他那件破烂的、被汗水浸透的水手服一样平凡吗？一般来说，集中营里那种奴隶般的生活——喝着稀粥，公正不存，以及随时都可能被杀害的威胁——会让一个人自己就先毁灭或堕落掉了。但他并没有颓废，他毫不气馁，他甚至还悄悄地拉拢着其他的"自己人"呢。

一旦有怀疑产生，集中营里会很快出现叛徒——他叫布鲁诺，一名患有瘰疬的纨绔子弟，是日耳曼人。有一次，他和营地的其他叛徒一起，在菜园徘徊，像是在散步。俘虏们弯着腰，蹲在地上，艰难地想完成当天的劳作指标。布鲁诺双腿瘦弱，一双眼睛水汪汪的。他来到俘虏们中间，看他们在这块硬得像石头的土地上挖胡萝卜。看起来，似乎也没什么能让他找碴儿的借口。但突然间，布鲁诺像调查人员那样眯起了眼睛，凶狠的眼神转向那位一直被掩护起来的长官。长官这时正好伸直了背，挺了挺腰板。

"是他！就是他！"布鲁诺惊呼，同时看向配备着武器的看守人。

"战争初期，我在塞瓦斯托波尔的大会上见过他！"他带着嘲笑的口气，说，"是您，对吗，长官先生？对，肯定是您！我不会弄错！"

这位长官和他的朋友们，在秋天的时候一块儿被处决了。但是没有人知道悲剧发生的确切位置。据说，他们是在某苏维埃农场田地里的青贮坑附近，被枪杀的。也有其他猜测，说这次大屠杀发生在沿海的沟壑地区，在荆棘灌木丛、黑色火山石之间。另外的一种说法是，俘虏们被铁丝捆在一起，从悬崖上直接被扔到海里。

虽然没人亲眼见过大屠杀，但是传说逐渐成形，且年复一年地在海岸流传。传说的内容，除了那位长官和他勇敢的同志们之外，还包括那个不知名的女人。他以牺牲自己的生命为代价，救了她。她还活着吗？孩子出生了吗？她有没有忘记那位让她继续活在这个世界上的人呢？毕竟有些人是很容易忘掉给予过他们帮助的善良的人的——他们会让这些善良的人从他们的灵魂中迅速消失，无影无踪。

至于那个被免于处决的患有瘰疬的布鲁诺，则逃往了西方某地。但诅咒一直紧紧跟着他。从传说可以得知，他曾如何挖苦集中营里的人。他接受过大学教育，便假装成一位杰出的心理学家。据称，在那位长官被处决之前，他甚至还这样嘲讽他：

"长官先生，你是不是觉得很遗憾？这么轻率，就让出了自己在飞机上的位子？你觉得自己是一名骑士吗？还是想成名啊？"

那位长官肯定认为没必要回应他，只是皱着眉头，表达自己对这个暴虐狂徒的蔑视。

"只是一个陌生的女人，又不是女朋友，你也没睡过她。"布鲁诺扯着细薄的嘴唇说，"把本来属于你的逃生机会，给了一个完全不认识的森林里的妓女，你完全是一个白痴！你本来可以绝对安全地逃走的，而不是像现在这样，光着脚慌慌张张站在生命尽头。毫无疑问，你会后悔的。"

"如果我后悔，"长官发出嘶哑的声音，"那也是因为我之前没在战场上抓住你，你这个得瘰疬的贼。"

当被捕的水手都被带到悬崖边，即将被执行枪决的时候，其中一个身材矮小宛如少年的人，俯身转向长官，并低声问道：

"您真的不后悔放弃飞机上属于您的座位，放弃逃生的机会吗？"

长官把手放在年轻人的肩上：

"朋友，如果我没放弃那次机会，就一定能活下去吗？没有良心地痛苦地活下去？也许我能活下来，但那称得上是生活吗？"

这些是在那些俘虏被自动机枪点射之前，在他被枪杀之前，留下的最后一句话。

这片地区解放后，无论是大人还是孩子，都在那些有可能是当初水手们被屠杀的地方搜寻他们的尸体。他们检查过水手们曾服役的山麓种植园和采石场，但未发现任何痕迹。当地有传言，称法西斯是在岩石上杀害那些水手的。在那里，就算还有活着的，也会被丢到大海里。

后来，一个目光忧郁的中年妇女出现在这片地区。她裹着头巾，沉默寡言，像一个寂静的幽灵。起初，当地人以为她是来这里收集草药的。事实上，这位女士也确实从事着这项工作。她熟知当地的植被，并且也一直与药店保持联系。重要的是，正如后来人们了解的那样，她也在搜寻那些被处决的黑海舰队人员的痕迹，哪怕只是蛛丝马迹也不放过。她常常跟年轻的历史考察者一块儿，试图从历史中有所发现。有时她也会接触一些她并不熟识的当地人，比如那些码头和甲板上的渔民以及看守者，问他们有没有听说过这片地区曾有一名海军长官，把最后一班飞往内陆的航班上的座位，让给了一个陌生的女人。据说后来他被监禁在集中营带尖刺的铁丝后面，再之后他和他的同志们一起，在海边的岩石上被处决了。

虽然她到这里来很像是临时起意，但这个女人却一直留在了这个地方。学生们从她那儿得知，她有一个儿子，已经是一名军官，正在远方某集团军服役，因此，这位母亲实际上并不在意自己待在哪里。她只期盼跟自己的记忆离得更近一些。

她很快就找到了一份工作，因为这里正好在为科学家建造疗养所，于是那个女人就成了那些不得不拿起园艺铲子或者操作混凝土搅拌机的人群中的一员。

她被分配到一间宿舍，但她实际上也只是在那里过夜罢了，因为她每天从早到晚都在山坡上那些古老的橄榄树之间忙碌。橄榄树的树干都很扭曲，它们在这里象征着无名、破损、古老、无主。灰色的树冠倾斜着，相互交缠。而在它们之间，在树根那些水域周围，茂盛又高大的玫瑰花丛，整个夏天都在闪耀。

玫瑰花园是这位"灰色女人"的创作，这里的人逐渐开始习惯这样称呼她了。因为即使在最炎热的天气里，她也一直穿一件灰色长袍，再戴一条灰色的头巾，她也完全能忍耐得住啊。她低着头穿梭在灌木丛里。也许她还会让某位游客联想起斯基泰人①或波罗维茨人②的石刻雕像——就是游客们曾在草原的土墩上见过的那种雕像中的某一个。这女人总是在忙着些什么，任何时候，人们都能看到她手握锄头或耙子，要不就是握着从洒水车上拉出来的橡皮管（她每天浇灌玫瑰花园）。

日复一日，哪怕酷暑时节，她都在劳作，在灌木丛里、在这片看似贫瘠的被太阳烘烤成红色的土地上。摇摇欲坠的风化岩石生着裂缝，悬垂在她上方。烈阳炙烤着土地，但她依然手握锄头，为自己的红色热土锄草。

在这儿小憩的人中间，有一些人学识渊博。他们晚上会到这里来，拿过她手上的劳动工具，想教教她这些家伙都该怎么使用。但这位女士很自信，她愤怒地夺回自己的锄头，然后转过身去，嘟哝道：

---

① 斯基泰人：公元前八世纪至公元前三世纪在中亚和东欧平原上生活的印欧语系、东伊朗语族的游牧民族。

② 波罗维茨人：公元十一世纪至十三世纪在东欧平原游牧的突厥语系民族。

"不用你教我，我自己会做。"

大多数晚上，在这里度假的人都会来这里看看她的玫瑰，欣赏这欣欣向荣的美丽，花朵五颜六色——从雪白色、粉红色、金色，到深红色，甚至是更深的颜色。天气炎热的时候，花朵夹在阴沉的巨石的缝隙里开放——没人想到在这里居然还能感受到生命的绽放。而这一切都归功于这个穿灰色衣服的沉默寡言又雄心勃勃的养花女。一些健谈的人尝试与她交谈。他们很好奇是什么风把她吹到这里来的。但这女人并不怎么愿意谈论自己。虽然人们觉得显而易见，是这些覆盖着低矮山丘的带刺的植被，以及向下延伸到海湾的陡峭的阶梯式的斜坡吸引着她。但她为什么会在这个地方长久待下来呢？

她第一次在这里露面的时候，这里遍地都是石块，除了很久以前那些种植橄榄树的人来过这里之外，似乎再也没有什么迹象表明有人类来过这里了。附近山丘上，那些长满尖刺的野蔷薇丛和山楂树林里，人类是不可能行走的。但是这个女人，却每天在那些多刺的丛林中穿行。

每到秋天，她都采摘一些野果，制作成果酱，以便过节的时候，邀请附近的小孩子和基建工程营的官兵们来尝一尝。基建工程营的部队驻地离这里不远。他们驻扎在一块巨大的岩石上。那些穿着褪色的军用衫的官兵，无论冬夏都住在岩石上一节金属的军用车厢里。基建工程营的官兵这样驻扎已经很长时间了。他们在悬崖顶端竖起一座中继塔，随即越来越多的中继塔被竖立起来。于是现在，哪怕在很远的海洋上，也能看到那些未完工的塔。

年轻的官兵们在那儿也有自己的生活、烦恼和梦想。他们热情洋溢的情感生活只是他们自己知道的秘密。外界对他们这样的生活方式，只能做出一些猜想，比如说在陡峭的悬崖上，在裸露的花岗岩伸入大海的一角，看起来似乎没有任何人可以到达的地方，岩石上有一天会突然冒出一句清晰的题词：

"妮娜！我爱你！"

女人在花园里工作的时候，尽管相距遥远，但士兵那些题词对她而言依然清晰可见。有时候，她会倚靠着她的锄头，稍作休息。她望着那些高处的情话，硬朗的唇线极少露出笑意，偶尔她的嘴唇会微微一动，她的笑容很内敛，也很深沉。

有时午饭前的时间，会有一些姑娘来到这里，她们打扮得十分现代，搽着浅蓝色的眼影。她们在餐厅做服务员，都戴着跟淀粉一样雪白的三角头巾。她们会坐在橄榄树下的长凳上，等着花园的女主人为餐厅剪上一束玫瑰花，随后她们回到餐厅，会把花束放在客人的餐桌上。

"克拉娃，你愿意像那样生活，像灰色的女人那样吗？"这样的对话也发生在橄榄树下的阴凉里。

"那样的生活又怎么了，稻霞①？"

"没有人做伴，也没人说话，就是孤身一人，独自思考。很少有

---

① 稻霞是阿纳斯塔犀亚的简称。

人知道她的名字是玛丽娅·涅斯特里夫娜，更多的人只知道她是'灰色的女人'。一般来说，如果你知道你的生命是别人给的，就好像是别人赠送给你的什么东西一样，你一定不会感到开心的。"

"也许她只能心怀感恩地工作，才能寻求安慰吧？"

"感恩、记忆……这些东西真的这么重要吗？我会厌烦这些的。"

"你无法以己之心，度人之腹。"

"很难相信以前会有那样的人，你能想象吗？眼下如果发生类似情况，还会有人像他那样将座位让给你吗？"

"为什么没有呢？现在也有各种各样的人嘛。"

"在我看来，那位教授所指出的东西完全正确，就是现在很多人实际上并不彼此需要。每个人都只为自己而活罢了。"

"教授也有可能是错的……我们走吧，我们亲爱的朋友玛丽娅·涅斯特里夫娜已经把剪好的花拿过来了……"

接过鲜花，其中一个女孩问道：

"告诉我，玛丽娅·涅斯特里夫娜，你对我们有兴趣吗？"

这个女人聚精会神地打量着这两位：

"当然。对我来说每个人身上都有一些有趣的东西。"

有时候，橄榄树下会出现几位基建工程营的官兵。他们从悬崖上下来的话，往往都会去探望这个养花女。当这个女人允许自己稍微喘口气的时候，她也会坐在长凳上，让疲倦的肩膀靠着橄榄树。她的客人们呢，就坐在附近，让人感觉像是儿子围绕在母亲身边似的。他们很安静，似乎在思考着这片浩瀚又蔚蓝的海洋。有时小伙子们会谈论这些橄榄树，它们从远古时代就在这里生长了。曾几何时，或许，在这块阶梯式的斜坡上也有过一片完整的橄榄树林。不过现在，只剩下几棵不多的老树还屹立在岩石上了，歪歪斜斜，奇形怪状，灰扑扑的颜色就像猛犸象的骨头。树干坚硬而苍老，令人惊讶的是它们仍然拥有生命。

"有人栽种它们，为自己留下美好的回忆。"女人望着那些树，谈论道，"年轻人，你们自己也会把一些东西种在岩石上啊！"

养花女对士兵的态度是特别的，实际上她几乎是以母亲的方式在对待他们。她知道他们的名字。比如说这位是阿赫迈德，那位是瓦西里，而这一位皮肤黝黑的，是来自杜尚别的赛义德。她对每个人都了解一些：家里还有些什么人，服兵役的期限还有多久。他们都留短发，额头被晒得黝黑黝黑的，脚上的充革布①高筒靴落满尘土。他们粗糙的双手上还带着伤，都是修建塔楼时留下的。这些年轻人没多过问玛丽娅·涅斯特里夫娜一些什么，毕竟整个海岸地区都知道，她的命运不同寻常。她如今生活在这个世界上，只是因为战争期间，有个慷慨而强大的人把飞机上的座位让给她了。虽然她自己从来没有说过这些，因为对她来说，往事似乎仍然不可触碰，是内心最深处的秘密。

基建工程营那些年轻的官兵认为这个女人具有非凡的洞察力，因为她能当着他们的面，指出他们中哪一个在跟村里的女孩约会，

---

① 充革布：利用便宜的人造丁二烯钠橡胶制成的面料，里面填充织物，品质接近真皮。苏联曾在二十世纪三四十年代大规模生产并在军队中推广以充革布制成的长筒靴。这种靴子在严冬季节里很容易开裂。

或者是在跟她们的竞争对手约会。村里姑娘的对手是附近水疗医院的姑娘（水疗医院每年夏天总会因为某种原因发生火灾）。如果她确定这个男孩对感情是认真的，那就意味着这家伙肯定会收到来自玛丽娅·涅斯特里夫娜的花。她一定会把最好看的鲜红或金黄的花朵为他剪下来，还会开玩笑地说：

"它与你黄色的充革布靴很配。"

而秋天，基建工程营的男孩们在回老家之前跟她道别的时候，这女人会在花园里停留很久，为每个人都挑一朵最好的玫瑰。她笑得很沉稳，把玫瑰分别送给每个士兵：

"把它们带回家，这是'凯莱业'①。送给妈妈或者新娘吧……"

跟她告别后，他们一个接一个地穿行在野蔷薇丛和橄榄林之间，通过灌木丛间陡峭的斜坡爬向更高的地方，直到他们已然立在离天空格外近的地方——在开阔的山顶上——沐浴着岩石间的微风。

第二天，玛丽娅·涅斯特里夫娜又来工作了，她比其他人来得都早，在岩石上，她会看到新的题词：

"请照顾一位灰色的女人！"

第三天，这些高处的题词仍被晨曦的阳光照射得闪闪发光，看起来是那么不可触碰。

一九八五年

---

① 凯莱业：一个玫瑰品种。

Видавництво висловлює щиру подяку дружині письменника Валентині Данилівні Гончар за сприяння у виданні цієї книги та за значний внесок у популяризацію творчості Олеся Гончара в Китаї.

特别鸣谢瓦连京娜·达妮里夫娜·冈察尔夫人为本书出版和冈察尔作品在中国的传播做出的高尚贡献。